Lea Müller

Anders als erwartet

Band 5: Meine Auswanderung

Edition Lagarto

Dieses Buch wurde auf chlor- und
säurefreies Papier gedruckt.

1. Auflage 2014

Titelgestaltung: Heinz Kasper, www.printundweb.com

Satz: Heinz Kasper, www.printundweb.com

Printed in Germany

ISBN: 978-3-9524156-3-4

Herausgegeben von Lea Müller, Santa Cruz de Tenerife
in Zusammenarbeit mit Edition Lagarto
www.edition-lagarto.ch

Auswanderung

Es war der 6. Dezember 1986. Endlich ging's auf die Fahrt in meine neue Heimat. Zum Glück kannte ich den Weg nach Genua sehr gut, wo die Autofähre bereits um 18 Uhr auslaufen sollte. Da ich erst kurz vor 12 Uhr wegfahren konnte, musste ich mich beeilen. Aber mein Auto mit Sechszylindermotor war stark genug, um schnell die Berge zu überqueren. Ich kam gut vorwärts bis Milano, wo es etwas Stau gab. Gerade in diesem Moment entdeckte ich, wie der Tachometer 100'000 km angezeigte. Welche Überraschung, für meine Auswanderung ein richtiges Jubiläum!

Leider war es schon sehr spät, darum machte ich nur einen schnellen Pipi- und Kaffeehalt beim Autobahnrestaurant nach Mailand. Essen konnte ich ja im Auto während der Fahrt. Kurz vor 16 Uhr erreichte ich Genua. Nun musste ich nur noch durch die enge Stadt fahren und den Hafen suchen. Immer wieder musste ich nach dem Weg fragen, weil es kreuz und quer zum Hafen ging. Zum Glück spreche ich gut italienisch. Trotzdem hatte ich das Gefühl, man hätte mich auf einen falschen Weg gelotst, darum fragte ich immer wieder. Auch war es bereits dunkel, weil es Winter war, und dies machte die Sucherei noch schwerer. Ich wurde sehr nervös; denn ich irrte schon mehr als eine Stunde in Genua herum und musste unbedingt auf dieses Schiff, auf dem ich meinen Platz gebucht hatte.

Endlich kam ich zur Fähreneinfahrt. Dort zum Zollhaus, um meine Papiere abstempeln zu lassen und die Fährenkarte in Empfang zu nehmen. Ich rannte so schnell ich konnte, da riefen die Beamten mir zu: «Nur ruhig, nur ruhig, Sie haben noch lange Zeit.»

«Nein, ich muss unbedingt auf dieses Schiff und es wird um sechs Uhr auslaufen.»

«Ach nein, Sie haben bis zwanzig Uhr Zeit. Erst dann laufen wir aus.»

Nun war ich froh, ich hatte alles doch noch geschafft. Endlich freute ich mich auf die einwöchige Überfahrt. Ich wurde zu meiner Kabine geführt, wo ich mich erfrischen konnte. Noch schnell schluckte ich eine Tablette gegen die Seekrankheit und ging hinunter zum Nachtessen. Aber welche Enttäuschung! Das war eben nur eine Fähre, kein Kreuzfahrtschiff für Ferien. Dazu musste man jedes Ding noch extra bezahlen, obwohl meine Kabine sogar teurer war als bei einer Kreuzfahrt.

Überfahrt nach Teneriffa

Es war Samstag, genau 20 Uhr, als die Fähre sich von der Hafenmauer in Genua löste. Nun war ich auf See für eine ganze Woche. Schade, dass diese Fahrt für mich eine Enttäuschung war. Nicht wie erhofft, eine Ferienreise, die ich geniessen wollte. Ich versuchte, es mir möglichst angenehm zu machen und war einfach froh, mich nach meinem Stress so richtig zu entspannen. Schliesslich legte ich mich todmüde zum Schlafen hin in der Hoffnung, am anderen Morgen im Golf du Lion keinen starken Wellengang zu erleben.

War ich froh, den Golf du Lion gut überstanden zu haben. Ohne Probleme ging es bis Marseille und an ganz Frankreich vorbei nach Barcelona. Am Mittwoch legte das Schiff für 24 Stunden in Mallorca an. Es wurde ausgerufen: «Diejenigen, die abends in die Stadt gehen wollen, müssen bei der Rezeption eine Bordkarte abholen.»

Für mich war die Bordkarte nicht nötig, da ich bei Dunkelheit sicher nicht alleine das Schiff verlassen würde. Aber tagsüber konnte ich alleine, einfach per Stadtbus, eine Rundreise machen und da wo ich eingestiegen war, wieder aussteigen. Das klappte prima und vor der Dunkelheit war ich zurück auf der Fähre.

Nach dem Nachtessen setzte ich mich an die Bar. Dort kam ich mit einem Herrn ins Gespräch. Er sprach sehr gut Englisch, obwohl er Spanier war. Ich war sehr überrascht, als er plötzlich sagte: «Wir gehen tanzen. Kommen Sie mit? Ich lade Sie ein.»

Ich wäre ja sehr gerne tanzen gegangen, aber ich hatte Bedenken, mit einem Herrn, den ich nicht kannte, und in einer fremden Stadt. Ich hatte eine gute Ausrede, weil ich keine Bordkarte geholt hatte und deswegen die Fähre nicht mehr verlassen konnte. Aber dieser Herr wollte mir weismachen, dass ich keine Bordkarte bräuchte, wenn ich in seiner Gesellschaft sei. Nun bekam ich bereits Angst, besonders weil ich ihn vorher noch nie gesehen hatte. Aber da kam ein Matrose und grüsste ihn. Ein Offizier kam voller Freude und klopfte ihm auf die Schulter. Schon kam wieder einer herein und schüttelte ihm kräftig die Hand. So ging es weiter und weiter. Ich war mir sicher, dieser Mann musste ein Schiffsoffizier sein, oder vielleicht sogar ein Kapitän von einem anderen Schiff.

Nun fragte mich dieser Herr nochmals: «Kommen Sie jetzt mit uns zum Tanzen? Sie haben ja gesehen, wir sind eine ganze Gruppe von der Crew, und es gibt kein Problem, mit uns zurück auf die Fähre zu kommen. Ich garantiere es Ihnen.»

Ja, das war schon viel vertrauenswürdiger, und ich war natürlich gerne dabei.

Ich erlebte einen wunderschönen Abend und wurde von allen so richtig verwöhnt, auch mit Tanzen. Als wir nach Mitternacht wieder an Bord gingen, fragte einer: «Was für einen Tag haben wir heute?»

Ein anderer antwortete: «Ich weiss nicht, nur dass gestern der Zehnte war.»

«Ach, das war ja mein Geburtstag, und zudem bin ich 50 geworden!»

Dies war für mich ein ganz besonderes Ereignis. Von einem Kapitän wurde ich zum Tanzen eingeladen und von der ganzen Besatzung verwöhnt. Zudem kam ich ohne Bordkarte wieder zurück auf die Fähre. Es war mein fünfzigster Geburtstag und obendrein noch meine Auswanderung nach Teneriffa.

Ankunft in Santa Cruz

Gespannt auf meine neue Heimat ging ich hinauf aufs Deck, als das Schiff am 14. Dezember, um zwölf Uhr, langsam in den Hafen von Santa Cruz einfuhr. Ich schaute, ob ich Walter und Vincent erkenne, die auf mich am Hafen warteten. Für sie musste ich vom Cousin Geschenke mitbringen und damit bekam Walter die Aufgabe, er solle auf mich im fremden Land gut aufpassen.

Endlich kam die Durchsage, die Autobesitzer könnten zu ihrem Auto hinunter gehen. Nun galt es ernst. Mit meinem Auto fuhr ich aus der Fähre und auf den festen Boden in meiner neuen Heimat. Ich fuhr direkt zum Zollhäuschen, aber da war niemand drin. Ein Hafenangestellter rief und winkte mir zu, ich solle weiterfahren. Ach wie froh war ich, mit meinem viel zu vielen Gepäck kam ich sogar ohne Kontrolle durch. Welches Glück!

Schon kam Walter mit Vincent daher, um mich zu begrüssen. Mit seinem Auto leitete er mich, den Weg zu meiner Wohnung. Stolz überreichte er mir die Schlüssel für Eingangstor, Haustüre, Wohnung und Garage. Dann zeigte er, wie er alles in meiner Wohnung vorbereitet hatte. Bereits hatte er zwei

Gasflaschen gekauft, eine als Ersatz. Auch das Elektrische hatte er bestellt, damit ich bereits eine Beleuchtung hatte.

Klar, war das alles eine sehr grosse Hilfe, auf die ich angewiesen war. Allerdings bezahlte ich Walter für seine Arbeit, gleich wie einen Treuhänder. Nur war Walter der beste Freund meines Cousins und damit für mich fast wie ein Familienmitglied.

Meine Wohnung war natürlich leer. Zum Glück konnte ich das Nötigste mit meinem Auto mitschleppen. Walter und Vincent halfen mir, die Sachen in die Wohnung hinauf zu bringen. Dann verabschiedeten sie sich bis zum folgenden Morgen.

In der Wohnung ohne Heizung war es etwas kühl. Glücklicherweise hatte ich eine Heizdecke, die ich als Bett auf den Boden legen konnte, und dazu hatte ich auch bereits Strom.

Der Container

Früh am Morgen stand Walter schon da, um mit mir den Container abzuholen. Mit meinen Papieren führte er mich zum Containerhafen. Dort wurden wir auf den nächsten Tag vertröstet, mit der Begründung, man müsse diesen Container zuerst ausfindig machen. Aber bei den Kanaren geht alles nicht so schnell. O.K.

Danach begleitete mich Walter zur Telefonica, um die Formulare auszufüllen und den entsprechenden Apparat zu bestellen. Dazu bestellte ich noch einen Zähler, damit ich wüsste, wie hoch meine Telefonkosten sein werden.

Am Dienstag gingen wir von neuem zum Containerhafen, aber da schickten sie uns weiter, um zuerst die Papiere abstempeln zu lassen. Überall musste man in der Kolonne lange warten, und somit konnten wir erst wieder am folgenden Tag zum Containerhafen gehen. Zu allem Übel musste ich für jeden Tag, den der Container im Hafen stand, 5000 Pesetas bezahlen. So viel Geld, eine schöne Geschichte!

Am folgenden Morgen ging Walter alleine aufs Büro. Als er zurückkam, erklärte er: «Bei diesen Kanaren ist man nie sicher, wie lange es geht, sie wollten, dass ich erst wieder nach Weihnachten vorbeikomme. Da habe ich aber ausgerufen und ihnen deutlich gemacht, dass sie sich an die Ausfuhrregel halten müssen. Zudem können sie doch einer Frau nicht zumuten, dass sie ohne Bett und Decken in der kalten Wohnung auf dem nackten Boden schlafen müsse, und das bis nach Weihnachten. Morgen muss der Container gelöscht werden, so oder so!»

Der gute Walter ging am folgenden Morgen wieder hin und konnte den Container endlich in Empfang nehmen. Aber nun musste er noch jemanden finden, der den Container zur Wohnung brachte. Keiner der Männer, die im Hafen waren, wollte sich zur Verfügung stellen. Da zeigte Walter ihnen eine 1000-Peseten-Note als Trinkgeld für denjenigen, der den Chauffeur mache. Aber keiner tat einen Wank. Daraufhin schimpfte Walter: «Seid ihr alle so reich, dass nicht einmal so ein grosszügiges Trinkgeld euch Beine macht?»

Endlich hatte sich doch noch einer dazu bewogen und ging mit Walter zum Container, um diesen bis vor meine Garage zu führen. So schnell wir konnten, löschten wir die ganz Ladung. Am Ende sagte der Chauffeur, der beim Ausladen und Hereintragen geholfen hatte: «Ich habe noch nie jemanden erlebt, der so viel Umzugsware hatte.»

Ich fand dies sehr lustig, da in meiner Wohnung bereits sechs dreitürige Wandkästen eingebaut waren, hatte ich ja nicht soviel Möbel. Walter half mir noch das Nötigste einzurichten, dann verabschiedet er sich.

Walter und Familie

Von Walter wurde ich eingeladen. Er wollte mir seine ganze Familie vorstellen. Seine Frau kannte ich bereits. Leider kam sie mir eher vor wie eine ausgestopfte Puppe, die Komikfigur Eulalia. Sie stellte mir ihre attraktive Tochter vor, indem sie sagte: «Schau, das ist meine Tochter, solch ein schlecht aussehendes, dünnes Ding.»

Dabei war die Tochter eher vollschlank und natürlich viel hübscher als ihre Mutter. Dann wurde mir der Sohn mit Frau und beiden Kindern vorgestellt. Sie alle waren mir sehr sympathisch.

Walter mit seinen 64 Jahren war immer noch ein Charmeur. Er hatte als Chauffeur gearbeitet. Seine Frau zählte 60 Jahre und war unerhört eifersüchtig. Zudem war sie überaus bequem und dementsprechend war ihre Figur. Ich wurde aufgeklärt, dass die Einheimischen gerne rundliche Frauen haben, die sie Bonbon nennen. (Danke, nichts für mich.) Leider merkte ich, dass Walter Gefallen an mir hatte, aber umgekehrt war er gar nicht mein Typ. Trotzdem war es schön für mich, im fremden Land jemanden zu haben, der mir behilflich war. Das muss doch Gottes Fügung sein.

Unter der Woche zeigte mir Walter, wo man günstig den Auspuff flicken lassen kann. Als dann bei meinem Auto der Auspuff zu dröhnen anfing, suchte ich diese Werkstätte auf. Interessiert schaute ich dem Mechaniker zu, während wir miteinander plauderten. Plötzlich fragte er: «Tiene perra?» (Haben Sie eine Hündin?)

Worauf ich natürlich mit nein antwortete. Komischerweise fragte er mich weiter.

«Was Sie haben keine Hündin, wie können Sie ohne Hündin leben?»

«Ich brauche doch keinen Hund und will auch keinen Hund in meinem Haus haben. Aber weswegen soll es ausgerechnet eine Hündin sein?»

«Ha ha, Sie wollen nicht einmal Hündinnen haben? Ja, wenn Sie nicht einmal Hündinnen haben, gebe ich Ihnen das Auto nicht heraus.»

«Für was denn? Ich brauche und will keinen Hund!»

Doch dieser Mechaniker liess keine Ruhe, lachte und erzählte es einem vorbeikommenden Passanten. Beide lachten und fanden es so lustig. Nun wollte ich es genau wissen und fragte: «Was soll denn Perra auf Spanisch heissen? Denn ich verstehe in Italienisch Hündin und nichts anderes. Endlich bekam ich eine Erklärung:

«Perra heisst auch in Spanisch Hündin, aber wenn man nach Perra fragt, dann heisst es Money, Money.»

«Aha, ja Geld habe ich schon.»

Nachricht von Gumper

Nun kam der Techniker von der Telefonica und montierte das bestellte Telefon. Endlich konnte ich Mutti anrufen und ihr sagen, dass ich gut angekommen sei. Auch konnte ich ihr erzählen, wie ich meine Reise überstanden und was ich alles erlebt hatte.

Noch vor Weihnachten bekam ich einen Telefonanruf vom Bauer in Goldach. Kurz und bündig sagte er: «Das Fell vom Gumper ist zum Abholen bereit.»

«Aber das war ja nicht so gemeint, dass Sie den Gumper töten sollen. Ich wollte nur, wenn es einmal soweit ist, dass Gumper stirbt, hätte ich gerne sein Fell als Andenken.»

«Ja, das habe ich auch so verstanden, nur Gumper wollte nicht mehr fressen, und wurde so schwach, dass wir es töten mussten. Auch wir hatten Gumper sehr gerne, weil es ein ganz besonderes Schaf war.»

«Ach das arme Tier! Es macht mich sehr traurig, aber danke für alles, was Sie für Gumper getan haben. Bitte bringen Sie Gumpers Fell zu meiner Mutter.»

Als ich später in der Schweiz war, umarmte ich Gumpers Fell und weinte. Doch dann fühlte es sich so an, als würde Gumper immer noch darin stecken. Nun war ich glücklich, zu Hause das Fell als Matratzenauflage in mein Bett zu legen.

Weihnachten 1986

Hier in Santa Cruz de Tenerife herrschen an Weihnachten, zu meinem Glück, andere Verhältnisse. Es wurde geschossen statt stille Nacht gefeiert, und von überallher hörte ich laute, südamerikanische Tanzmusik. Mit meinem Fahrrad fuhr ich zur Playa hinaus. Der Strand Las Teresitas ist ein kilometerlanger Sandstrand. Dort konnte ich sogar noch im lauwarmen Wasser schwimmen. Damit fühlte ich mich am richtigen Ort und nun daheim.

Wieder zuhause begnügte ich mich mit Telefonieren. Somit fühlte ich mich gar nicht weit weg von meinen Lieben in der Schweiz.

Um meine Wohnung einzurichten, wartete auf mich noch viel Arbeit. Als Walter nach Weihnachten kam, war ich froh um seine Hilfe beim Einbauen der Bett-Wand. Ich wollte diese in der Schweiz lassen, weshalb ich mich nach dem damaligen Wert bei der Firma erkundigte. Aber der Hauskäufer wollte mir nicht einmal die Hälfte dafür bezahlen. Darum baute ich die Bett-Wand ab und nahm sie mit, obwohl nur im Wohnzimmer eine geeignete Wand vorhanden war. Falls viele Gäste kommen würden, wäre ich eventuell froh, zwei zusätzliche Betten mit Kasten zu haben.

Die Wandkästen

Walter hatte bereits einen Schreiner bestellt, weil die eingebauten Kästen im Rohzustand waren und nur mit Türen versehen. Dafür konnte ich den Innenausbau selber bestimmen, wo und wie die Tablare und Schubladen eingebaut werden mussten. Ich zeichnete sofort einen Plan für jeden einzelnen Kasten, damit der Schreiner gleich sah, wie ich es meinte. Also musste der Schreiner noch das Mass nehmen.

Eine Woche später kam der Schreiner mit zwei Arbeitern daher. Ich zeigte ihm, bei welchem Kasten er beginnen könnte. Aber, oh Schreck, sie machten sich gleich in allen fünf Zimmern breit. In einem Zimmer stellten sie das Bett hoch, und legten den Teppich darüber. Dann stellten sie eine Hobelbank auf und fingen an zu sägen. Es ging zwar ruck zuck vorwärts, aber Handgelenk mal Pi. Auf einen Zentimeter mehr oder weniger kam es gar nicht an.

Als die Männer fort waren, war das ganze Schlafzimmer mit zwei Zentimetern Sägemehl bedeckt. Auch den Rest der Wohnung musste ich total vom Sägemehl befreien. Aber ich war froh, dass es so schnell vorüberging und ich meine Sachen versorgen konnte. Dabei merkte ich, dass meine Wohnung voll und ganz aus Handarbeit hergestellt worden war. Jede Türe hat ein anderes Mass, weil alles an Ort und Stelle verarbeitet wurde. Damit fühle ich mich glücklich, in solch einer Wohnung zu leben.

Telefon-Rechnung

Den Telefonzähler hatte ich in den Kasten montieren lassen. Komisch, öfter hörte ich ein Geräusch im Kasten, so als würde der Zähler sich drehen, dies ohne zu telefonieren. Es machte mich stutzig und ich schaute nach, was denn da los sein könnte. Du meine Güte! Tatsächlich lief der Zähler. Das Rädchen stellte ab und fing sogleich wieder an zu drehen.

Sofort marschierte ich zur Telefonica und erklärte, was mit meinem Telefonzähler geschehen war. Da antwortete die Angestellte: «Ach das ist normal. Sie brauchen keine Angst zu haben, denn bei uns werden nur die Anrufe gezählt.»

Ich konnte dies nicht begreifen, aber von nun an schrieb ich meine Telefonanrufe mit Namen, Nummern und Datum auf, und wie lange ich telefonierte.

Als ich die Rechnung erhielt, stockte mir der Atem; sage und schreibe, es waren über 2000 Schweizer Franken. Sofort reklamierte ich, doch mir wurde gesagt: «Es liegt kein Problem vor. Die Rechnung stimmt. Sie haben so viel telefoniert und es kann gut sein, dass, wenn ein Lastwagen vor dem Haus vorbeifährt, sich der Zähler dreht, aber bei uns wird nur das registriert, was Sie telefonieren.»

«In diesem Fall soll der Zähler sofort demontiert werden, und ich bezahle nur was ich telefoniere. Auf keinen Fall zahle ich für einen Lastwagen der vorbeifährt. Von nun an werde ich das Telefon bestimmt nicht mehr benutzen.»

Leider wollte niemand kommen, um den Telefonzähler zu demontieren. Wieder erhielt ich eine Rechnung, die zwar nicht so hoch war, aber immerhin fast 400 Franken. Mir standen die Haare zu Berge. Wieder ging ich zur Telefonica und erklärte sehr bestimmt: «Mein Telefon, welches ich nicht mehr berührte, weist eine so hohe Rechnung auf, und Sie erklären mir, von woher diese Anrufe kommen. Und bevor Sie nicht mein Telefon richtig in Stand gesetzt haben, bezahle ich nichts, und danach nur, was ich telefoniere und nicht mehr.»

Zu meiner Überraschung sagte die Angestellte: «Bevor Sie nicht alle Rechnungen beglichen haben, werden wir gar nichts machen.»

Nun ging ich zum Anwalt, der im selben Block wie ich wohnt. Er begleitete mich. Sogar ihm antwortete man auf die gleiche Weise. Das war nun auch zuviel für ihn, und so führte er mich zum höchsten Direktor der Telefonica. Doch die Antwort war die gleiche. Aber auch der Anwalt änderte seine Meinung nicht und sagte mir: «Immer muss zuerst die Telefonlinie in Ordnung gebracht werden, bevor man zahlen muss, und zwar nicht einen Fantasiepreis.»

Leider bekam ich weitere Rechnungen, die ich natürlich nicht bezahlte. Aber leider hatte ich auch kein Telefon, welches ich benutzen konnte.

Niederlassung

In Teneriffa musste ich mich nun anmelden. Da wurde ich von einem Büro zum anderen geschickt, das jeweils in einem anderen Gebäude war. Überall begegnete ich einer langen Wartekolonne und musste mindesten zwei Stunden stehen, bis ich an die Reihe kam. Dann wurde mir erklärt, dass die Schweiz nicht in der EU sei und ich nur für drei Monate im Land sein dürfe, obwohl ich bereits in der Schweiz alle Papiere geregelt hatte. Meine Wohnung kaufte ich im Mai 1986. Spanien wurde dann im Oktober in die EU aufgenommen. Nun wurden die Schweizer plötzlich verstossen.

Zufällig traf ich bei einer Warteschlange den Deutschen, der ebenfalls auf der Fähre mitreiste. Er führte zum zweiten Mal sein Auto in Teneriffa ein. Mir erklärte er, dass er die Residenz bereits habe, aber sein Auto einzuführen sei noch ein viel grösseres Problem. Er gab mir seine Adresse und bot mir an, jederzeit behilflich zu sein.

Damit ich meine Wohnung verschreiben konnte, bekam ich eine Übersetzerin. Mit meinem Kaufvertrag gingen wir zu einem Anwalt. Diese Dame war entsetzt, als sie gesehen hatte, dass ich eigentlich ein zusätzliches Blatt unterschreiben sollte, auf welchem stand: Falls der Bauherr den Prozess verliere, müsse ich die Wohnung abgeben und bekäme dafür eine Entschädigung. Klar konnte ich so etwas nicht unterschreiben und musste warten, bis der Prozess vorbei war.

Vincent im Spital

Walters Frau war todkrank. Sie lag im Bett und stöhnte, der Kot gehe nicht mehr unten hinaus, sondern würde nach oben stossen. Walter war verzagt und telefonierte allen und sagte, dass Vincent wahrscheinlich sterben müsse. Schnell machte ich mich auf den Weg. Walter holte den Arzt, während ich Vincent hütete. Der Arzt kam und organisierte, Vincent sofort ins Spital zu spedieren. Ich fuhr mit Walter hinterher zum Spital. Er begleitete seine Frau ins Untersuchungszimmer. Mich bat er, draussen vor der Eingangstüre auf den Sohn zu warten, er hätte versprochen, so bald wie möglich zu kommen.

Also wartete ich draussen vor der Eingangstüre beim Parkplatz. Es war kühl, weil es ausnahmsweise an diesem Tag regnete. Gegen Mittag bekam ich langsam Hunger und fing an zu frieren. Den ganzen Tag wartete ich auf den Sohn, aber auch Walter zeigte sich nur zweimal kurz. Erst gegen Abend kam der Sohn daher, und ich konnte endlich nach Hause an die Wärme und auch meinen Hunger stillen.

Am Tag danach war ich stark erkältet. Vincent aber wollte unbedingt nach Hause, weil sie sich wohl fühlte. Zu Walter sagte sie: «Mir gefällt es nicht im Spital und die Ärzte finden sowieso nichts. Ich will jetzt heimgehen.»

Doch wenn man unter solchen Umständen ins Spital gehen muss, muss man mindestens drei Tage warten, bis alle Untersuchungen beendet sind. Am vierten Tag konnte Vincent wieder nach Hause. Der Bericht war: Alles in bester Ordnung, sie sei völlig gesund. Dafür war ich krank.

Ach diese Frau, sie hatte es vermutlich aus lauter Eifersucht nur gespielt. Sie nahm sich sogar die Frechheit und sagte mir: «Nur wegen dir bekam Walter graue Haare.» Dabei war er graumeliert als ich ihn kennenlernte.

Mein Fahrrad in Teneriffa

Mein Fahrrad konnte ich mit dem Container transportieren, das ich natürlich nun benutzte um in die Stadt zu fahren. Walter riet mir: «Dein Fahrrad musst du hier immer mit einer dicken Kette verschliessen. Ein gewöhnliches Fahrradschloss genügt nicht, das wird einfach schnell weggetragen. Dein Fahrrad musst du am Vorderrad verbunden mit dem Gestell an einem Hag, oder an einer Strassenlampe befestigen.»

Also fuhr ich in die Stadt zum Einkaufen und befolgte Walters Rat. Frisch und fröhlich strampelte ich auf der Avenida. Aber was musste ich erleben? Ich glaubte, auf dem Mond gelandet zu sein. Alle Leute, die mich auf der Strasse sahen, riefen mir zu: «Sie dürfen nicht auf die Strasse!»

«He, he, das ist verboten!»

«Sie haben keinen Ausweis fürs Fahrrad?»

Aber ich hatte wirklich einen Ausweis, den ich während meiner Schulzeit gemacht hatte und die Velo-Plakette aus der Schweiz hing hinten am Fahrrad.

Als ich in einen Laden eintrat, kam die Verkäuferin und sagte: «Hola! Que quieres, mi niña?» (Hallo! Was möchtest du, mein Mädchen?) Ich war schockiert. Ich im Grossmutteralter werde als Kindlein angesprochen, aber ich liess mir nichts anmerken. Ganz verwundert passierte mir dasselbe im nächsten Laden. Überall wurde ich geduzt und hörte, wie man zu einem kleinen Kind Sie sagte. Das kommt mir wirklich spanisch vor!

Ein Jahr später kam die *Tour de España* nach Santa Cruz de Tenerife. Die Route war Plaza de España – Playa de las Teresitas. Das ganze Volk war begeistert. Von da an wurden in sehr vielen Läden Fahrräder und Fahrrad-Utensilien verkauft, vor allem in jedem Supermarkt. Auf jedem Spielplatz übten die Kinder mit ihren kleinen Fahrrädern. Endlich kam ich mir normal vor und nicht mehr wie vom Mond heruntergefallen.

Aber nun erzählte meine Freundin Angela, ihr Freund habe mich gesehen und gesagt, «du wärest so schnell wie eine Verrückte in die Stadt gefahren.»

Mein Studio

Das grosse Wohnzimmer konnte ich als Studio einrichten. Bei Alex Moore, dem Tanzpapst, ist das Studio auch nur ein bisschen grösser. Also bestellte ich einen schwimmenden Holzboden und an der langen Wand liess ich Spiegel montieren.

Walter setzte sich als Hilfe ein, aber da die Leute keine Ahnung hatten und nicht verstanden, was internationales Parketttanzen ist, begriffen sie auch nicht, welcher Boden dafür gebraucht wird. Dazu gab Walter immer diesen Leuten recht und sagte zu mir: «Du kannst ruhig sein, diese Leute verstehen es besser. Du wirst sehen, wenn der Boden fertig ist, ist alles gut.»

Mir standen die Haare zu Berge und ich kämpfte mit meinem Italienisch-Spanisch weiter für einen weichen, langbrettigen Holzboden. Schliesslich konnten wir uns einigen auf ein Handballparkett.

Nun kamen die Arbeiter mit dem Holz fürs Parkett. Du meine Güte! Das waren ja Mosaikholztafeln und alles andere als lange, weiche Bretter. Ich rief aus und bat, diese sofort zurückzunehmen und mir die Holzlatten zu liefern, die ich bestellt hatte. Walter, der mit den Arbeitern gekommen war, sprach mit ihnen in seinem Schweizer-Spanisch: «Nein, nein das ist schon richtig, macht nur weiter.»

Und zu mir, so unerhört, sagte er immer wieder: «Du verstehst das nicht so gut wie die Arbeiter, und du wirst sehen, wenn der Boden verlegt ist, sieht es so aus, wie du es möchtest.»

Ich wehrte mich sehr, aber Walter, der Wichtigtuer, tröstete die Arbeiter und befahl ihnen, ruhig weiterzumachen. Ich war richtig böse über Walter. Er aber sagte ganz einfach: «Das Holz ist bezahlt, und man kann in Teneriffa nicht einfach die Sachen zurückgeben.»

Auf solche Hilfe hätte ich lieber verzichtet.

Für einen schwimmenden Boden brauchte es noch 250 Gummibrücken. Um die Mosaikholztafeln zu verlegen, musste ich zusätzlich noch zwei Zentimeter dicke Holzplatten kaufen. Walter verlangte, dass ich den Männern genügend Geld mitgeben müsse, weil hier in Teneriffa alles vorher bezahlt werden muss. Ein anständiges Trinkgeld gehöre auch noch dazu, weil sie ja nur Arbeiter sind. Ja, Walter kam mir eher als Hochstapler vor, der mich nur als Frau wahrnahm in diesem Land, wo ich doch auf einen Mann angewiesen war. Das Geld hatte ich ja. Nur tat mir Papa leid, der so schwer gearbeitet hatte, um Rappen für Rappen zusammenzubringen.

Der Boden sollte in drei Tagen begehbar sein. Doch die Arbeiter kamen, wann es ihnen Spass machte. Da stellte ich aber Walter an, um den Arbeitern Beine zu machen.

Immer wieder schaute ich den Arbeitern zu, wie dilettantisch sie ihre Arbeit verrichteten. Gerade hatte ich bemerkt, dass der eine den Zwischenraum vom Boden zur Wand ausstopfen wollte. Sofort erklärte ich ihm, dass dies ein schwimmender Boden sei und deswegen dieser Zwischenraum sein müsse.

Als ich wieder einmal hineinschaute, sah ich, wie sie über den ganzen Boden Leim verstrichen. Auf meine Frage hin erklärten sie: «Das muss man immer so machen. Keine Angst, am Ende wird es ein wunderschöner und glatter Tanzboden. Wir wissen, wie man Tanzböden legt.»

Dabei gab es auf der ganzen Insel nicht einmal einen, der eine Ahnung hatte, was internationales Tanzen ist.

Als ich am Abend den fertig verklebten Boden anschaute, erschrak ich fürchterlich. Diese verrückten Arbeiter hatten im letzten Moment doch noch alle Zwischenräume mit Abfallholz verklebt. Am andern Morgen bat ich sie, dies sofort wieder rückgängig zu machen. Nun probierte ein Arbeiter, es mit einer Säge durchzuschneiden, aber das Holz war zu stark hineingepresst, so dass man es nicht mehr entfernen konnte. Dann fing einer an, den Boden zu schmirgeln; aber das Schmirgelblatt war ganz schnell voller Leim, so dass der Arbeiter die Maschine einfach stehen liess und nicht mehr vorbeikam.

Als ich persönlich bei der Firma reklamierte, kam ein anderer mit einer grossen Maschine. Dieser Mann erklärte mir, dass mir ein Industrieparkett hineingelegt wurde und dies ein richtiger Mist sei.

Am folgenden Tag kam ein anderer Arbeiter, der den Boden versiegeln musste. Natürlich schaute ich wieder zu; aber ich musste feststellen, dass dieser keine Ahnung hatte vom Streichen. Also fragte ich: «Warum streichen Sie nicht streifenweise?»

Dieser Mann wollte mir weismachen, dass er ein Fachmann sei, und deshalb arbeite er eben so!

Eine Weile später schaute ich nochmals nach. Oh, herrje! Nun sah der Boden so fleckig aus, dass ich diesem Mann das Geld gab mit den Worten: «Nun habe ich aber genug, ich weiss es besser, wie man den Boden streicht. Lassen Sie mir die Ware hier, und den Boden streiche ich selber fertig. Ade!»

Ich weinte vor Wut. Diese Arroganten und Ignoranten! Alle glaubten, ich als Frau, mit meinem Italienisch-Spanisch, hätte keine Ahnung von all dem, wozu Männer im Stande seien.

Endlich hatte ich den Boden soweit, dass ich den Spiegel bestellen konnte. Zum guten Glück war ich mit diesen Männern sehr zufrieden. Endlich konnte ich mich freuen über mein Studio.

Tanzschule eröffnen

Nach spanischem Recht konnte ein Ausländer ein Geschäft nur eröffnen, wenn dies in Spanien noch nicht existierte. In ganz Spanien gab es noch kein internationales Tanzturnier im Parketttanzen. Also erst recht nicht auf den Kanaren, das war total neu. Für mich also kein Problem. Aber ich musste meinen Tanzlehrer-Titel übersetzen und sogar abstempeln lassen bei der britischen Botschaft in London. So etwas ist doch unter aller Kanone!

Dann musste ich zum Arbeitsministerium, wo die Wartekolonne sich weit auf die Strasse hinauszog. Als ich endlich an die Reihe kam, verlangte man von mir ein abgestempeltes, gelbes Formular. Dieses musste ich in einem anderen Stadtteil besorgen. Aber statt vergebens in einer langen Kolonne zu warten, probierte ich, erst am folgenden Tag hinzugehen, in der Hoffnung, vor dem Arbeitsschluss um 13 Uhr an die Reihe zu kommen. Als ich an der Reihe war, verlangte die Büroangestellte ein abgestempeltes rosa Formular, sonst könne sie keinen Stempel machen. Voller Staunen fragte ich: «Wo muss ich dieses Formular holen?»

Sie erklärte mir, wo dieses Büro sich befindet, worauf ich ihr antwortete: «Genau von diesem Büro komme ich her, von wo man mich hierher schickte, für ein gelbes Formular, sonst können sie mir keinen Stempel machen. Wie soll ich denn dieses Papier besorgen?»

Natürlich konnte diese Angestellte nur sagen: «Keine Ahnung, Sie müssen einfach das abgestempelte, rosa Formular mitbringen. Sonst nichts.»

Schöne Geschichte. Das ist ja zum Verrücktwerden. Ja, Tag für Tag wurde mir bewusster, warum man sagt: «Das kommt mir spanisch vor!»

Auto anmelden

Für meine Residencia (Niederlassung) in Teneriffa musste ich nochmals zurück in die Schweiz reisen, um dort bei der spanischen Botschaft persönlich mit meinem Pass zu erscheinen.

Für mein Auto im Ausland hatte ich schon das Visum, die grüne Karte. Ich besass alle Papiere. Aber nun verlangte man, dass ich mein Auto nochmals ausführe für den Zollstempel. Verwundert fragte ich: «Auf welches Papier muss ich den Zollstempel verlangen?»

«In den Pass.»

«Aber in den Pass kommt ja nur der Stempel für die persönliche Einreise?»

«Ja, das genügt.»

«Aber für diesen Stempel brauche ich doch nicht das Auto mitzunehmen?»

«Das stimmt, aber dann müssen Sie sich ans Zollamt wenden und das Auto plombieren lassen, bis Sie Ihren Pass-Stempel vorweisen können.»

«Bei meiner Ausreise hatte ich bereits in meinem Pass den Stempel bekommen.»

«Der ist nicht mehr gültig. Sie müssen ausreisen, und wenn Sie zurückkommen, müssen Sie das Zollamt benachrichtigen, um die Plombierung zu löschen.»

Klar, ohne Auto zu reisen war doch viel einfacher, und so flog ich im März nochmals zurück in die Schweiz.

Fastnacht in Teneriffa

Hier auf dieser kleinen Insel, wo ich mich wie 50 Jahre zurückversetzt fühlte, sah es an vielen Orten noch so aus, wie vor dem 2. Weltkrieg. Es gab noch kein Lichtsignal und die wenigen Autos fuhren gemütlich herum. Ja sogar, wenn sie einem Freund begegneten, hielten die Autofahrer an und wechselten ein paar Worte. Andere Autos warteten geduldig, ohne zu hupen. Das fand ich so lustig, weil es sehr neu für mich war.

Walter zeigte mir, wo ausserhalb des Stadtzentrums von Santa Cruz sogar noch Höhlenbewohner hausten. Ich war so erstaunt, als ich neben einem Hochhaus den Höhleneingang und aufgehängte Wäsche sah und zu meiner Überraschung noch eine Fernsehantenne, wo sogar daneben ein Auto stand. Walter erklärte: «Die Polizei wollte diese Leute fortschicken, aber sie blieben lieber in den Höhlen, wo es im Sommer kühl und im Winter warm ist. Zudem besteht seit General Franco ein Gesetz, dass jedermann das Recht hat, im Haus wo er ist, bleiben zu dürfen.»

Wie Walter mir sagte, kaum zu glauben. Wenn einer sich unbefugt im Haus aufhalte, dürfe man ihn nicht fortschicken.

«Also könnten Zigeuner einbrechen und ich darf sie nicht fortschicken? Das kann doch nicht sein. Das kommt mir spanisch vor! Dieses Sprichwort kommt nicht von ungefähr.»

Alle Leute, mit denen ich ins Gespräch kam, berichteten mir: «Jetzt ist Fastnacht. Loco, loco, muy loco! Wir haben den grössten Karneval von Europa.»

Ich musste lachen und dachte, was soll das auf dieser kleinen Insel, wo die meisten mit Scheuklappen herumlaufen, ohne Ahnung, was ausserhalb der Insel passiert. Wenn sie wüssten, wie wir in Europa Fastnacht feiern.

Bereits eine Woche vor dem Aschermittwoch wurde das Stadtzentrum zehn Tage für den Verkehr gesperrt. Auf der Plaza de España wurde eine riesengrosse Bühne aufgestellt. Drei grosse südamerikanische Orchester wechselten sich dauernd ab und spielten bis fünf Uhr morgens. Vor der Bühne

tanzten die Leute, und wie ich aus der Zeitung lesen konnte, versammelten sich 20'000 Personen auf der Plaza de España.

Am Freitagabend ist jeweils der einheimische Umzug, La Cabalgata. Also wollte ich mal sehen, was man hier unter Fastnacht versteht. Aber oha, ich kam auf die Welt, das war wirklich überaus grossartig! Es war fast so wie in Rio de Janeiro, ich konnte nur noch staunen über solch einen riesigen Aufwand.

Flug in die Schweiz

Als ich in die Schweiz reiste und im Flugzeug meinen Platz eingenommen hatte, kam ein Mann daher wie ein Zigeuner, mit einem Stock auf der Schulter, und hintendran hing ein Bündel. Ausgerechnet der Sitz neben mir war für ihn bestimmt. Er stellte sich vor als Marcelo Galliarde. Die ganze Zeit redete er auf mich ein und wollte mich unbedingt gleich zu seinem Landgut mitnehmen. Dort hätte ich ein schönes Leben und müsste nicht arbeiten, nur die Patronin spielen. Sein Gut sei hundert Quadratkilometer gross und 45 Kilometer von

Alicante entfernt, Richtung Malaga. Er war nach Teneriffa gereist, um Land zu kaufen, das in ein paar Jahren sehr viel Wert habe, weil die Preise steigen werden. Damit hatte er ja Recht, aber für mich spielte all dies überhaupt keine Rolle. Für mich war es einfach ein Horror. Ich versuchte ihm klarzumachen, dass es sinnlos sei. Aber er liess mir keine Ruhe und gab mir seine Adresse und verlangte natürlich auch meine. In Madrid mussten wir umsteigen, da wollte er mich sogar in die Schweiz begleiten. Damit ich ihn loswurde, gab ich ihm die alte Adresse von meinem Studio in Goldach, welche ich immer noch in meiner Tasche hatte. Somit war ich endlich erlöst von diesem penetranten Zigeuner.

Als ich in Zürich ankam, wartete ich vergebens auf meinen Koffer. Draussen wartete Peter, dem ich leider nicht sagen konnte, warum ich noch nicht hinauskam, weil ich zuerst beim Fundbüro warten und alle Angaben machen musste. Als ich nun endlich draussen war, konnte ich Peter nirgends finden. Von Teneriffa aus hatte ich Peter öfters telefoniert, aber nie mit ihm gesprochen, weil immer der Telefonbeantworter kam. Peter sollte für mich bei seinem Freund ein Auto mieten. Bei meiner Tante in Zürich bekam ich ein Zimmer zum Mieten während meines Schweizer Aufenthalts.

Also rief ich zuerst Mutti an und fragte, ob Peter sie benachrichtigt hätte. «Nein, Peter habe ich schon lange nicht mehr gesehen und er hat mir auch nicht telefoniert. Aber deine Tante rief mich an. Momentan ist sie in der Kur und fragte mich, ob du bei mir schlafen könntest. Also komme direkt zu mir.»

In wenigen Minuten fuhr ein Zug nach Rorschach, so hatte ich keine Zeit mehr, Peter anzurufen. Erst nachdem ich meine Mutti begrüsst hatte, rief ich ausnahmsweise Peter am Arbeitsplatz an. Der Portier erkannte mich sofort und selbstverständlich holte er Peter gleich ans Telefon. «Hoi Bijouli, welche Überraschung dich zu hören, was machst du?»

Ich erzählte ihm, warum ich so spät die Gepäckhalle verlassen konnte. Auch dass ich nun telefoniere, um zu erklären, warum ich zu Mutti gereist sei. Zu meinem totalen Erstaunen sagte er: «Aber ich war gar nicht am Flughafen und habe auch keinen Mietwagen für dich bestellt. Ich weiss überhaupt von nichts, den Telefonbeantworter habe ich nicht gehört. Weisst, ich wohne jetzt nicht mehr in meiner Wohnung, sondern bei einer Freundin, die kocht für mich.»

Nun war ich auf der einen Seite froh, dass Peter kein Mietauto besorgt hatte, aber tödlich enttäuscht, dass Peter mir so etwas antun konnte. Für ihn musste ich ja Häuser- und Wohnungs-Pläne besorgen, in einer höhergelegenen Zone von Teneriffa. Diese hatte ich natürlich für ihn mitgebracht. Nun prasselte diese kalte Dusche auf mich herein und brachte mich beinahe um den Verstand. Mein ganzer Körper bebte, und dies volle drei Tage lang. So, wie durch diesen enormen Schock, hatte ich noch nie gelitten.

Meine Wintersachen

Da es nun aus war mit Peter, brauchte ich das Zimmer bei meiner Tante in Zürich nicht mehr. Mutti hatte leider für mich in der Nähe ein Hotelzimmer bestellt. Wenn ich in der Schweiz bin, möchte ich lieber zuhause wohnen, als in einem Hotel. Hingegen traf ich im Hotel beim Frühstück eine sehr nette ältere Dame. Sie wohnte sogar im Hotel, weil sie nicht ins Altersheim wollte. Diese Dame war mir sehr sympathisch und kam zwei Tage vor meinem verstorbenen Papa zur Welt. Sie erzählte, sie sei Gouvernante von Marlene Dietrich gewesen. Immer wieder sagte sie: «Lea, Sie erinnern mich so sehr an mein Marlenchen.»

Es war so schön mit dieser Dame zusammen zu sein, besonders weil ich meine Mutti nicht verstehen konnte.

Für meine Niederlassungsbewilligung reiste ich nach Zürich, wo ich die Bewilligung für Residencia in Spanien in meinen Pass bekam. Damit konnte ich wieder in meine neue Heimat reisen.

Überraschung

Natürlich war ich öfters bei Mutti auf Besuch. Sie bekam gerade einen Telefonanruf für meine Tanzschule. Danach erzählte sie: «Fast jeden Tag bekomme ich einen bis drei Anrufe von Leuten, die sich bei dir für einen Tanzkurs anmelden wollen.»

Wieder kam ein Telefonanruf. Mutti rief nun mich ans Telefon, weil mich ein Herr verlangte: «Salue Lea, ich bin Marcelo. Ich bin in Rorschach. Wann treffen wir uns?»

Oh, du meine Güte! Auf dem alten Visitenkärtchen stand ja, als zweite Telefonnummer, die von meiner Mutti. Ich bekam richtig Angst und sagte diesem Marcelo, dass ich sehr viel zu erledigen habe und mir die Zeit fehle. Aber der war so penetrant und wollte wenigstens mit mir essen gehen. Also willigte ich ein, aber nur, wenn meine Begleiterin mitkommen dürfe. Dies machte diesem Idioten nichts aus. Sofort nach diesem Anruf fragte ich Erica, ob sie mich begleiten könnte. Sie war voll begeistert, diesen Mann kennen zu lernen. Nach diesen Essen sagte Erica: «Lea, das ist der richtige Mann für dich. Du bist wirklich zu beneiden.»

Als ich einer Freundin von diesem Marcelo erzählte, wollte sie ihn unbedingt kennen lernen. Ach wie froh war ich, weil Marcelo mich nicht in Ruhe liess, und ich ihm diese Frau vermitteln konnte. Damit war ich ihn endlich los. Gott sei Dank!

Zurück in Teneriffa

Als ich zurück nach Teneriffa kam, erzählte mir Walter: «Während deiner Abwesenheit kam der Berg, links von deiner Wohnung, herunter und verschüttete die ganze Strasse, unpassierbar. Auch die Tankstelle wurde verschüttet. Eine Frau, die gerade tanken wollte, kam dabei ums Leben.»

Eigenartig! Es ist ja fast so, wie ich träumte, bevor ich überhaupt wusste, dass ich einmal nach Teneriffa ziehen würde. Zwar war es nicht wie im Traum eine Flutwelle, sondern der Berg kam herunter.

Mit meinem Pass musste ich nun sofort auf die Zivilpolizei, um diesen unterschreiben zu lassen. Mehr sei nicht nötig, hatte der spanische Botschafter in Zürich gesagt.

Als ich bei der Zivilpolizei für die Unterschrift an die Reihe kam, sagte der Beamte: «Das unterschreiben wir nicht. Wir sind hier nicht in Spanien. Sie müssen zuerst alle Zeugnisse mitbringen. Auch ein ärztliches Zeugnis. Der Nächste!»

Nun kam ich mir wirklich doof vor. Aber damit ich wusste, wo, wie und was, ging ich zu einem Gestor (Amtsperson für Formulare), der für solche Sachen zuständig ist.

Bauerei vis-à-vis

Vincent und Walter traf ich im Café. Sie begleiteten mich nach Hause. Im Hausblock vis-à-vis, der im Bau war, entdeckte ich, dass unten die Kellertüre offen war. Also erlaubte ich mir die Treppe hinunter zu steigen und meine Gwundernase hineinzustecken. Aber da war noch alles im Rohbau. Dann stieg ich wieder die Treppe hinauf und bemerkte, dass mir jemand folgte. Ich drehte mich um und erschrak. Es war der Mann, von dem ich immer träumte. Ich war aber wach. Der Gentlemen stellte sich vor: «José ist mein Name, wen suchen Sie?»

So kamen wir ins Gespräch. Er erklärte mir, dass hier eine Discothek entstehen würde, und er sei für die Sicherungsanlage zuständig. Walter und Frau warteten auf der andern Strassenseite auf mich. Ich wollte mich von ihnen noch schnell verabschieden. Aber dann fragte dieser José, ob ich verheiratet sei. Ach, was sollte ich ihm nun sagen? Was geht ihn dies an, da kann man auf keinen Fall mit der Wahrheit umgehen, sondern einfach «Ja» sagen, und ich ging schnell zu meinen Bekannten.

Nun bat ich Walter und Frau, mich bis zur Wohnung zu begleiten. Ich wusste schon, wie sich solche südländischen Männer benehmen. Das war dann auch so. José schaute mir nach, bis sich die Lifttüre geschlossen hatte.

José musste sicher ein Frauenheld sein, der gemerkt hatte, dass ich alleinstehend bin. Sicher wird er in Zukunft das Haus bewachen, und wir werden uns sehr bald wieder treffen. Da hatte ich mich leider geirrt.

Residencia für Canarias

Von Neuem startete ich mit den vielen Papieren für die Residencia. Wieder wurde ich herumzitiert, und immer wieder verlangten sie etwas anderes. Ich war wütend, aber lächelte zum Zeigen, dass ich sie nicht ernst nahm. Sicher war dies reine Schikaniererei. Mit Hilfe eines Gestors kam ich auch nicht viel weiter.

Auch wollte ich eine Tanzschule eröffnen, was ich auch als Schweizerin machen konnte, weil alles, was in Spanien noch nicht existiert, erlaubt war. Aber alles, was die Leute nicht kennen, ist dann unmöglich. Alles was man machen möchte ist kontrovers.

Ich musste alle Diplome und Titel vorzeigen. Aber die mussten von einer höheren Instanz geprüft werden. Dazu wurde ich beauftragt, von der Botschaft in England für diese Dokumente ein Zeugnis ausstellen zu lassen, für die Gültigkeit. Solch eine Arroganz!

Autopapiere

Der Gestor schickte mich zu einem Büro, wo ich persönlich vorbeigehen musste. Mir blieb nichts anderes übrig, als dieses Büro aufzusuchen. Aber nachdem ich bei der langen Schlange endlich dran kam, schickte man mich in ein anderes Büro. Von dort wieder auf ein anderes Büro, und kreuz und quer durch die ganze Stadt, bis ich endlich einen Stapel Papiere zum Ausfüllen bekam. Aber unerhört: Ich musste bei der Schweizer Polizei ein Zeugnis verlangen, von einem Gutachten für meine reine Weste. Das fand ich unter aller Kanone! Dann musste ich alle ärztlichen Untersuchungen in Teneriffa machen lassen und deren Zeugnisse mitbringen. Von der Bank musste ich ein Zeugnis verlangen von meiner Überweisung zum Kauf meiner Wohnung, etc.

Zu jener Zeit mussten Schweizer durch die Passkontrolle und ich bekam den Stempel in meinen Pass. Beim Büro in Teneriffa, bekam ich einen Stapel Papiere für die Herausgabe meines Autos. Zum Glück kamen die Zöllner zu mir, die ohne weiteres die Plombierung am Auto entfernten. Für mich war dies so dilettantisch, dass ich das Gefühl bekam, sie wüssten selber nicht, warum diese Aktion verlangt wurde. Hingegen schickten sie mich zur Einführungskontrolle, wo ich glücklicherweise durchkam. Danach gab man mir die grüne Karte wieder zurück, welche von April 1987 bis 1992 gültig war. Ich musste nur noch jedes Jahr eine Gebühr bezahlen.

Per Zufall traf ich wieder den Deutschen, den ich damals bei meiner Auswanderung auf der Autofähre kennen gelernt hatte. Nachdem er meine Geschichte gehört hatte, erzählte er: «Obwohl ich Deutscher bin und zur EU gehöre, hatte ich grosse Probleme, die Residencia zu bekommen. Diese habe ich jetzt, aber um mein Auto einzuführen, haben sie mich dermassen schikaniert. Ich erhielt die blaue Übergangsnummer, die ist aber nur drei Monate gültig. In dieser Zeit mussten die

Papiere erledigt sein, was für uns Europäer kein Problem sein sollte, aber bei den Kanariern wohl schon. Sie machten mir das Leben schwer, indem ich nie das weisse Nummernschild bekam. Nach drei Monaten wurde ich jeweils auf der Strasse von der Polizei aufgehalten, die mir jedes Mal eine saftige Busse aufhalste. Ich habe eine Bäckerei und muss täglich Lieferungen ausführen. Das Auto kann ich unmöglich stehen lassen. Zu meinem Gestor sagten die Beamten, die Nummer sei vielleicht nach Santa Cruz de la Palma geschickt worden. Ja, das ist wirklich kanarische Idiotie, denn die Insel La Palma gehört zu Teneriffa, umgekehrt hätte es eher möglich sein können.

Zum Glück traf ich einen Landsmann, dem ich meine Probleme erzählte. Daraufhin lachte er und half mir. Er hatte noch vor dem EU-Beitritt die Teneriffa-Nummer bekommen. Die deutsche Nummer hatte er behalten und sagte, dass ich diese einfach ans Auto montieren solle. Daraufhin wechselte ich die Autonummer aus, und seit diesem Moment gab es keine Probleme mehr.

«Sie, Frau Müller, machen es besser ohne Residencia. Sie verlassen das Land nach drei Monaten und fahren mit ihrem Auto herum. Das ist viel besser, als von einem Büro zum andern zu laufen, nur um ständig schikaniert zu werden.»

«Danke! Das leuchtet mir ein und das kann ich mir leisten. Alles Gute und auf Wiedersehen!»

England

Wegen meines Titels musste ich extra nach England reisen, um in London bei der Botschaft ein Zeugnis mit Stempel zu verlangen, dass ich den internationalen Imperial-Tanzlehrer-Titel in den Standardtänzen, sowie auch in den lateinamerikanischen Tänzen tragen darf.

Nun profitierte ich von meinem Londoner Aufenthalt, um mich für einen weiteren Titel auszubilden. Wieder durfte ich mit Elizabeth Romain arbeiten und buchte gleich einige Privatlektionen. Im Studio arbeitete eine Lehrerin mit einem Turnierpaar. Ihre Stimme kam mir bekannt vor und ich sagte zu Elizabeth: «Die Dame dort drüben hat eine Stimme wie Pat Goode.»

«Ja, das ist Pat Goode. Sie ist jetzt meine rechte Hand.»

«Nein, das kann doch nicht wahr sein. Diese Dame sieht doch ganz anders aus.»

Aber als Pat ihren Namen hörte, schaute sie mich an, kam hinüber, um mich zu begrüssen. Nun erkannte ich sie. Pat war schlanker geworden, hatte ihre Haare gefärbt und war viel gepflegter. Das war eine tolle Begrüssung!

Alex arbeitete wie immer in seinem Büro. Er, der Tanzpapst, freute und erinnerte sich, dass ich ihm regelmässig Tee brachte.

Damit ich nicht so viel Geld für meine Unterkunft brauchte, hatte Elizabeth für mich eine kleine Wohnung gebucht. Leider war sie im Keller und etwas weiter weg, aber ich konnte sogar zu Fuss der Themse entlang ins Studio marschieren, wobei ich eine gute halbe Stunde frische Luft atmen konnte.

Wieder arbeitete ich von morgens neun Uhr bis spät in die Nacht. Elizabeth empfahl mir zwei Tanzlehrer-Diplome zu machen, eines als Dame und eines als Herr. Das realisierte ich, und vor meiner Abreise absolvierte ich beide Diplome sogar mit Höchstauszeichnung. So hatte sich mein Englandaufenthalt gelohnt.

Nach drei Wochen hatte ich wieder so viel Arbeit zum Mitnehmen, dass ich für längere Zeit eingedeckt war.

Schokolade

Ich war die Dritte, die im Block eingezogen war. Nach und nach wurden die 36 Wohnungen besetzt. Natürlich, bei so vielen Bewohnern war auch eine Schar Kinder dabei. Eine offene Garage lud ein paar Buben ein, sich hineinzuschleichen. Sie kletterten von dort aus über die abgrenzenden Gitter in meine Garage. Mein Auto liess ich im Hof stehen, solange ich noch Zügelware in der Garage hatte. Für die Buben war dies eine Fundgrube, und sie stibitzten mir einige Büroartikel.

Ich verständigte deren Eltern und sagte: «Ich kann verstehen, dass dies für die Buben interessant war, meine Sachen zu stehlen. Leider nicht für mich. Eigentlich müsste ich es der Polizei melden, und das würde niemandem gefallen.»

Die Buben waren schliesslich froh, dass ich nicht anders reagiert hatte und waren von da an sehr freundlich zu mir.

Ja, eines Tages besuchten sie mich sogar in meiner Wohnung. Ich holte aus dem Kühlschrank Schweizer Schokolade, was damals noch etwas ganz Spezielles war. Aber da die Schokolade von der Kälte hart geworden war, verlor sich der süsse, weiche Schokoladen-Geschmack, darum erklärte ich: «Ihr müsst noch ein bisschen warten mit essen, damit die Schokolade besser schmeckt. Es ist das Gleiche wie mit der Butter aus dem Kühlschank, sie ist noch zu hart, um sie aufs Brot zu streichen. Erst nach einer Weile, wenn sie weicher wird, schmeckt sie gut.»

Die Buben hörten mir sehr erstaunt zu und machten grosse Augen. Dann schauten sie sich gegenseitig an und grinsten heimlich. Nun merkte ich es und rief aus: «Ei, ei, ich habe ja das italienische Wort Burro für Butter gebraucht, was auf spanisch Esel heisst, und nicht das spanische Wort Mantequilla. Klar kann man den Esel nicht aus dem Kühlschrank holen und auch nicht aufs Brot streichen.»

Die Buben fanden dies so lustig, und übermütig gingen sie nach Hause.

Marco und Dani

Marco und sein Freund Dani brachten mir damals für meinen Umzug nach Teneriffa ihre Windsurfbretter. Sie wollten den Sommer bei mir verbringen. Nun kam Dani drei Tage früher zu mir als Marco. Ihm zeigte ich die Stadt Santa Cruz und unsere Playa mit einem kilometerlangen Sandstrand. Am Abend ging er alleine auf Entdeckungsreise, um Fotos zu knipsen.

Zirka um elf Uhr kam er wieder nach Hause. Aber er war kreideweiss, und ich bekam Angst, dass er krank sei. Dann erzählte er mir: «In der Stadt traf ich einen sehr netten Burschen, der etwas Deutsch sprechen konnte. Er zeigte mir verschiedene gute Sujets zum Fotografieren. Zusammen nahmen wir einen Drink zu uns. Wir verstanden uns sehr gut. Als es dunkel war, machte ich noch einige schöne Nachtfotos. Dann meinte dieser Kumpel, er könne mich zur Playa de las Teresitas hinaus führen, und dort zeige er mir einen guten Ort, wo man sehr schöne Fotos schiessen kann. Ich stutzte, wie man am Strand des Nachts fotografieren kann. Schliesslich überzeugte er mich. Als wir nun mit dem Auto hinaus fuhren, legte er plötzlich seine Hand auf meinen Schenkel. Natürlich schob ich diese sofort weg, doch er meinte, dass wir uns doch so gut verstehen würden.

Bei mir Zuhause sehe ich jedem sofort an, wenn er anders gewickelt ist. Dieser Mann sah aber ganz normal aus und nicht im Geringsten konnte ich so etwas vermuten. Dann musste ich mit ihm richtig kämpfen, damit er mich wieder zurück nach Santa Cruz führte.»

Als Marco kam, führte ich diese beiden Jünglinge in den Süden nach El Médano hinunter. Auch beim Kommunizieren war ich ihnen behilflich. Damit war ich sechs Wochen lang beschäftigt.

Tea-Dance-Nachmittage

In Puerto de la Cruz, wo die grossen Hotels stehen und die vielen Touristen sind, dachte ich, Tee-Tanz-Nachmittage zu organisieren. Ich fing beim Hotel San Felipe an, das ganz nahe am Meer steht. Zuerst fragte ich nach den Räumlichkeiten. Der Direktor zeigte mir einen geeigneten Saal im ersten Stock. Tanzmusik würde ich selber mitbringen und die Leute animieren zum Tanzen. Auch könnte ich eine halbe Stunde lang zeigen, wie man zum Rhythmus die geeigneten Schritte tanzt. Dazu würde ich mich opfern, mit einzelnen Damen zu tanzen. Das alles selbstverständlich gratis, aber in der Hoffnung, nach Privatlektionen gefragt zu werden. Jeden Sonntagnachmittag könnte ich kommen.

Der Direktor war einverstanden und sagte: «Also gut, jeden Sonntagnachmittag bezahlen Sie 50'000 Pesetas.» (1 € = 166 Pesetas.)

«Was, das ist ja verrückt! Ich mache alles gratis, und dafür soll ich Ihnen soviel Geld bezahlen? Zudem, in der Schweiz bezahlte ich für einen noch grösseren Saal nur ein Zehntel, und die Leute bezahlten mir Schulgeld.»

Der Direktor blieb dabei.

«Das ist nicht nur übertrieben, sondern verrückt. Adiós!»

Und ich ging weiter auf die Suche.

Hingegen im Hotel Maritim war ich sehr willkommen. In diesem Hotel musste ich nicht einmal die Musik mitbringen, weil eine Pianistin Tanzmusik ab 16 Uhr spielte. Ein Engländer, John, war sehr am Tanzen interessiert. Er hatte schon etliche Lektionen im Parketttanzen genossen und buchte sofort wöchentliche Privatlektionen. Er hatte Mühe mit Cha Cha Cha-Schritten, die ich ihm genauestens erklären musste. Gleich merkte ich, dass er dies ohne weiteres im Kopf begriffen hatte, aber der Weg zu den Füssen war für ihn viel zu lang. Trotzdem war er sehr begeistert, vor allem, als ich sein Problem erfasst hatte.

Angela im selben Block

Eines Tages läutete eine Dame an meiner Tür. Zuerst entschuldigte sie sich: «Perdona, Sie zu stören. Ich habe mich getraut, bei Ihnen zu läuten, weil der Portier mir von Ihnen erzählte. Sie haben die Einteilungen Ihrer Wandkästen ganz nach eigener Idee einbauen lassen. Auch sagte er, Sie wären eine ganz nette Frau, und sicher dürfte ich die Wandkästen anschauen. Ich bin Angela und wohne auf der anderen Seite dieses Blocks.»

Wohl oder übel war ich in diesem Fall fast gezwungen, ihr meine Wandkästen zu zeigen. Doch ich freute mich, als Angela so begeistert war, und sie bei ihr drüben die Einteilungen so ähnlich machen lassen wollte.

Ein paar Tage später sahen wir uns auf der Strasse. Sie erzählte, dass sie sehr traurig sei, weil sie aus ihrem Ring den echten Diamantstein verloren hatte. Sie lud mich in jenes Café ein, wo sie vermutete, den Diamanten zu finden. Klar half ich ihr dabei. Aber es war erfolglos. Danach fuhren wir mit ihrem Auto zu ihrer Wohnung, um diese zu durchsuchen. Aber auch da war nichts zu finden.

Ich überlegte, wie es möglich sein konnte, dass so ein Diamant aus der Fassung springt. In Angelas Auto hatte ich auf ihrem Sitz eine Kügelchenmatte gesehen. Doch Angela hatte schon das ganze Auto abgesucht und nichts gefunden. Ich liess ihr keine Ruhe, ich wollte ihr lieber zeigen, was ich vermutete, um mich verständlicher zu machen, wie dieser Stein aus der Ringfassung hätte hüpfen können, als sie ihr Kleid beim Hinsetzen zurechtzog.

Schlussendlich gab sie nach, aber lachte mich aus. Nachdem sie für mich die Autotür geöffnete hatte, zeigte ich ihr, was ich meinte und hob diese Kügelchenmatte auf. Siehe da, da lag dieser funkelnde Diamant. Angela umarmte mich und glücklich verabschiedeten wir uns.

Privatunterricht

Im Herbst bekam ich eine sehr nette Schülerin. Sie war froh, dass sie ohne Partner Privatlektionen bei mir nehmen konnte. Als sie mir ihre Visitenkarte überreichte, las ich zu meinem Erstaunen: Gräfin. Nun war mir klar, wieso diese Dame wirklich eine sehr sympathische war. Wie ich merkte, ästimierte sie mich ihrerseits auch, ja, wir führten sogar vertrauliche Gespräche zwischen den Lektionen.

John kam schon wieder nach Teneriffa. Nun vernahm ich, dass er ständig auf Reisen sein musste, aber ein Appartement in der Nähe vom Hotel habe. Am Tanznachmittag machte ich meine beiden Privatschüler miteinander bekannt. Weil John auch eine hohe Persönlichkeit war, verstanden sich die beiden gegenseitig sehr gut.

Bald waren die Ferien von Frau Gräfin vorbei. John erwartete seine Freundin, für die er eine Wohnung gesucht hatte. Nun kam John zur Privatlektion und stellte mir seine junge Freundin Barbara vor.

Sie kamen wöchentlich zur Privatlektion. Am Abend gingen wir zusammen in die Bar zum Tanzen. Abwechslungsweise tanzte ich mit Barbara oder mit John, aber auch gerne alleine. Nach ein paar Wochen sagte John: «Ich werde für drei Monate verreisen. Meine Partnerin Barbara bleibt hier, und ich wäre sehr froh, wenn Sie auf Barbara aufpassen könnten, weil sie sonst ganz alleine sein würde. Auch möchte ich, dass Sie Barbara jede Woche eine Lektion erteilen, für die ich nach meiner Rückkehr bezahlen werde.»

Für mich war es selbstverständlich, Barbara nicht alleine zu lassen. Jedes Wochenende probierte ich, einen ganzen Tag mit Barbara zu verbringen und erteilte ihr eine Tanzlektion. Mit ihr konnte ich fantastisch diskutieren, und peu-à-peu war sie meine beste Freundin.

Als John zurückkam, wollte er jeden Samstag eine Lektion und mich danach im Hotel zum gemeinsamen Nachtessen einladen. Natürlich auch, damit ich nach dem Essen mit ihnen zum Tanzen ginge. John hatte Schwierigkeiten mit Motorik und Rhythmus, vor allem beim Cha Cha Cha. Es war selbstverständlich, ihm dabei behilflich zu sein. Mir machte es sogar Freude, ihn zu einem Tänzer zu machen. Damit festigte sich unsere Freundschaft noch mehr.

Peu-à-peu konnte John mehrere Figuren tanzen und verstand, diese nach Lust und Laune zu kombinieren. Ich war stolz darauf, dass John nach soviel Schwierigkeiten endlich ein guter Tänzer geworden war.

RAIDAG 1988

Dieses Jahr reiste ich wieder ins Engadin zum Eistanzmeeting der RAIDAG. Das Jahr zuvor zog ich im Dezember nach Teneriffa, und deshalb wollte ich nicht schon wieder im Januar nach St. Moritz reisen.

Mutti bat ich, die paar Tage vor und nach der RAIDAG bei ihr auf dem Sofa schlafen zu dürfen. Das wurde mir zum Glück erlaubt. Dazu musste ich die Koffer bei Erica umpacken, wo mein Kasten mit meinen Wintersachen stand. Ich brauchte täglich andere Kleider fürs Eistanzen, Gala-Essen und Tanzen, auch passende Schuhe dazu. Zudem musste ich für Tanzunterricht und Privatlektionen eine Musikanlage mitschleppen, dazu noch viele Musikkassetten, etc.

Jährlich trafen wir eingeladenen RAIDAG-Mitglieder uns im Hotel Cresta Palace und beim Eistanzen zum Repetitionsunterricht. Nun musste ich feststellen, dass ein anderer Hoteldirektor das Zepter übernommen hatte.

Wie immer war die Begrüssung am Sonntagabend. Als ich nun in den Saal eintrat, kam mir mein ehemaliger Freund Siegfried entgegen. Voller Freude fragte er mich: «Wie lange bleibst du da?»

«Weil ich nun in Teneriffa wohne und eine sehr lange Reise hinter mich bringen muss, werde ich von nun an immer zwei Wochen bleiben. Und wie lange bleibst du?»

«Ich weiss es noch nicht genau. Je nachdem.»

Ich fragte Siegfried nicht weiter, weil ich vermutete, dass er Gesundheitsprobleme hatte. Aber es freute mich, ihn wiederzusehen. Gleich setzte er sich neben mich und liess mich kaum mehr aus den Augen. Komisch.

Der Hoteldirektor

Der neue Direktor war überhaupt nicht vergleichbar mit dem vorherigen Direktor, Herrn Cavelti. Wir RAIDAG-Leute hatten es immer lustig, besonders in der Tanz-Bar. Aber der neue Direktor hatte die Bar schliessen lassen und wir konnten nur noch oben vor dem Speisesaal tanzen, wie sonst am Candlelight-Abend, was der Direktor zuerst verbieten wollte. Immer war ich diejenige, welche die Leute animierte und mit ihnen Gruppentänze und Tanzspiele machte. S'Brüederli hatte aus Wien einen Pianisten mitgebracht, der bessere Tanzmusik spielte. Plötzlich stand der Direktor da und brüllte mich an: «Hier wird nicht Tanzkurs gemacht und auch nicht mehr getanzt. Und euer Pianist kann auch sofort gehen!»

Dann ging er zum Pianisten hin und schimpfte mit ihm die längste Zeit, während wir auf der Tanzfläche uns gegenseitig verdutzt anschauten und warteten.

Mir wurde es wind und weh, denn was konnte dieser Pianist dafür? Er spielte ja für uns und sonst war gar nichts. Mir schossen die Tränen in die Augen, und deswegen lief ich davon in mein Zimmer. Nach einer Weile klopfte es. Die Präsidentin und noch drei Mitglieder suchten mich auf und sagten: «Lea, wir haben dem Herrn Direktor gesagt, dass, falls er etwas zu beanstanden habe, er sich zuerst an die Präsidentin wenden muss. Lea, wir stehen alle hinter dir und du brauchst keine Angst zu haben.»

«Ja, aber was passiert mit dem Pianisten, der doch überhaupt keine Schuld hat?»

«Auch das haben wir mit dem Direktor geklärt. Der soll sich schämen, solch einen Auftritt zu machen.»

Am andern Morgen entschuldigte ich mich beim Pianisten. Er aber lachte und tröstete mich.

Ich hatte solch eine Wut in mir, darum marschierte ich zur Gemeinde und erzählte was geschehen war. Auch sie waren empört über solch eine Aktion vom Hoteldirektor und sagten: «Die RAIDAG kommt schon so viele Jahre zu uns, und wir stellen das Eisfeld zu Verfügung. Der Direktor verdient so viel an den RAIDAG-Mitgliedern, er hat genügend Räumlichkeiten und ist verpflichtet, euch als Verein einen Saal zu Verfügung zu stellen.»

Mit dieser Nachricht ging ich zur Präsidentin. Leider gab es trotzdem keine Veränderung.

Siegfried, der immer sehr zuvorkommend war und früher immer auf jeden kleinen Cent schaute, war nun plötzlich grosszügig und wollte immer auch für mich bezahlen. Er versuchte auch immer in meiner Nähe zu sein. Eines Abends fragte er mich: «Kommst du mit für einen Spaziergang?»

Klar begleite ich ihn und hoffte, er würde mir etwas Bestimmtes erzählen. Aber er äusserte sich nie und ich gab ihm auch keinen Rutsch.

Der letzte Abend rückte heran. Beim Abendessen hielt Siegfried plötzlich meine Hand und sagte: «Lea, die schönsten Stunden in meinem Leben habe ich mit dir verbracht.»

Ich fragte mich, wieso nun so plötzlich diese Worte? Obwohl er nicht wusste, wie lange er bleiben konnte, blieb er doch die ganzen zwei Wochen. Ja er blieb sogar einen Tag länger und begleitete mich noch zur Bahn. Dann fragte er mich: «Kommst du nächstes Jahr wieder?»

«Im Sinn habe ich es, hingegen kann ich dies erst sagen, wenn ich den Kursplan fürs nächste Jahr weiss.»

S'Brüederli und alle Wiener, auch etliche Deutsche reisten ab. Als der Zug kam, stiegen wir alle ein und durchs Fenster plauderten wir noch mit Siegfried. Neben der Treppe stand der Schaffner und wartete. Plötzlich nahm Siegfried den Schaffner in die Arme, hob ihn wie einen Bleisoldaten hoch und stellte ihn wie eine Ware auf die Treppe des Zuges. Das ganze Volk lachte und der Schaffner war so verdutzt und wurde wütend, doch als er reklamieren wollte, musste er doch auch mitlachen.

Carnaval 1988

Gerade wieder zurück in Teneriffa, begann der weltweit zweitgrösste Karneval. Am Freitag gibt es immer den einheimischen Umzug, was mir noch besser gefällt, als der grosse, den man fürs Fernsehen organisiert. Nach dem Umzug schlenderte ich via Plaza de España langsam nach Hause. Plötzlich stand ein Mann vor mir. Er war sonnengebräunt, trug einen weissen Anzug und hatte einen südamerikanischen, weissen Filzhut auf. Dieser Mann lud mich zu einem Drink ein.

Ich glaubte, mich trifft der Schlag. Zum zweiten Mal hier in Teneriffa begegnete ich einem Mann, von dem ich das ganze

Leben träumte. Für mich unverständlich, er kam auf mich zu und lud mich für einen Drink ein. «Ach nein, das geht nicht, ich kenne Sie ja nicht.»

Sofort stellte er mir seine Freunde vor und bat mich erneut, hier an der Bar auf der Strasse, ihnen Gesellschaft zu leisten und ein Glas mit ihnen zu trinken. Zudem sagten seine Freunde, man dürfe am Karneval nicht ablehnen. «Also gut, ich nehme an, aber nur weil es Karneval ist.»

Leider musste ich mal, darum wollte ich mich verabschieden. Auf keinen Fall erlaubten mir die Herren zu gehen. Der Wundermann offerierte mir einen Schlüssel für eine private Toilette. Aber das lehnte ich auch ab. Ich möchte dies nur bei mir zu Hause erledigen, gab ich ihm zu verstehen. Daraufhin fragte er mich: «Wo sind Sie denn zu Hause?»

Ich zeigte mit dem Finger in die Richtung. Er aber, zu meinem grossen Erstaunen, sagte: «Vis-à-vis von der Discothek Daida.»

Nun wusste ich, die zwei Wundermänner sind ein und derselbe Mann. Nun war es für mich wie eine Bestätigung, dass dieser Mann für mich bestimmt sein musste. Wie so viele Spanier, nannte er sich José. Ich fühlte Schmetterlinge im Bauch und war nun doch einverstanden, eine private Toilette zu benutzen. Danach tanzten wir auf der grossen Plaza de España, wo ein grosses venezolanisches Orchester spielte. Gegen zwei Uhr morgens begleitete mich José nach Hause. Ein richtiger Gentleman, der sich höflich am Gartentor verabschiedete.

Rendezvous mit José

Ich hatte mich bei José erkundigt, wo ich einen Reitstall finden könnte. José wollte mir persönlich den Reitstall zeigen, und zwar gleich: «Mañana? Zu jeder Zeit bin ich erreichbar. Wenn du mich sehen willst, musst du dich einfach in diesem Restaurant nach mir umsehen, oder mir telefonieren.»

Für mich würde dies heissen, mein Herz in beide Hände zu nehmen und eine Telefonkabine aufzusuchen, um ihn anzurufen. Er hatte mir ja genaue Angaben gegeben, wie ich ihn zu jeder Zeit finden könnte.

Als ich nach dem Karnaval José zufällig in der Stadt traf, war er entsetzt, dass ich ihn so lange warten liess. Er wollte mich doch unbedingt sofort sehen. Am Tag danach trafen wir uns für einen Kaffee. Ich war überglücklich, er ist so ein netter Kerl, nur mit seinem südländischem Charakter hatte ich etwas Schwierigkeiten. Sofort stellte er mich als seine Freundin vor. Dazu gab er mir die Adresse von zu Hause und auch die Telefonnummer von seiner Mutter, wo er wohnte. Dann versicherte er mir, dass ich die einzige sei, die zu Hause anrufen dürfe. Er gab mir den Hinweis: «Wenn meine Mutter am Telefon ist, sagst du, du möchtest José sprechen, du wärst Lea. Ich gebe meiner Mutter den Auftrag, dass sie mich sofort benachrichtigen soll, wenn Lea anruft. Denn sonst darf meine Mutter keine Damenanrufe annehmen.»

So etwas Verrücktes. Aber man sagt ja nicht umsonst: Das kommt mir spanisch vor. Er begleitete mich wieder nach Hause, und für den folgenden Tag verabredeten wir uns um 12 Uhr an der Plaza de España, vor dem Restaurant. Dann werde er mich zum Reitstall führen.

Leider regnete es ein wenig am nächsten Tag, aber ich ging trotzdem zur Plaza de España. Weit und breit sah ich keinen José. Mich vor das Restaurant hinzustellen, dazu war ich zu stolz. Also ging ich wieder nach Hause. José kam leider nicht an meine Haustüre, was ich erhoffte.

Später, als ich einkaufen ging, da, oha, traf ich José. Er sehr freundlich und zuvorkommend wie immer. Ich aber war enttäuscht, dass er nicht auf mich vor dem Restaurant gewartet hatte. Er behauptete aber ganz kühl, er hätte lange auf mich gewartet, aber ich wäre nicht gekommen. Also, ich verstehe nichts!

Angela und mein Telefonproblem

Angela hatte wieder etwas verloren, was ich wieder mit guter Überlegung fand. Langsam wurden wir Freundinnen. Dann erzählte ich ihr von José: «Ich habe einen Mann getroffen von dem ich träumte. Nach einem Jahr passierte mir dies zum zweiten Mal, aber ich stellte fest, dass er ein und derselbe war. Ich bin so unglaublich in ihn verliebt und kann kaum erwarten, ihn wieder zu sehen. Schade, dass mein Telefon nicht funktioniert, denn obwohl er mir seine Telefonnummern gab habe ich Hemmungen ihn anzurufen. Wegen meinem Telefonproblem ist es umgekehrt nicht möglich.»

Voller Stolz gab Angela mir zur Antwort: «Sage ihm, er soll mich anrufen und ich gebe dir dann Bescheid.»

Oh, das war eine gute Idee. Aber ich hatte noch eine bessere. Damals war ganz neu, dass man mit einem Adapter aus einer Telefonzelle zuhause anrufen konnte, um die Anrufe abzuhören. Da Angela tagsüber arbeitete, wäre das eine optimale Lösung.

Als ich dies Angela offenbarte und sagte, dass ich dafür ihre Telefonrechnung übernehme, brauste sie fürchterlich auf und rief aus: «Kommt gar nicht in Frage, dass du meine Anrufe abhörst.»

Solch eine Reaktion hatte ich von einer guten Freundin nicht erwartet. Aber ich erwachte und merkte, dass ich mit dieser Freundschaft vorsichtig sein musste.

Zuhause wartete ich ungeduldig auf José, der an meiner Türe läuten könnte wegen meinem unbrauchbaren Telefon.

Angela und José

Wieder traf ich per Zufall José in der Stadt. Ihm erzählte ich von meiner Freundin Angela, die im selben Block wie ich wohnt: «Sie hatte mir offeriert, du, José, könntest bei ihr anrufen und sie würde mich dann benachrichtigen.»

Ich überreichte José den Zettel mit der Telefonnummer. Leider wartete ich vergebens.

Angela wollte wissen, wo José wohne und interessierte sich sehr. Einmal, zu allem Unheil, trafen wir José in der Stadt. Er lud uns zwei ins Café ein. Angela plauderte die ganze Zeit auf José ein und fragte ihn nach Noten aus. Mir wurde es nur angst und bang.

Nun verstand ich, warum Angela mir kein Telefon ausgerichtet hatte. Das war eine schöne Falle! Es kam mir nicht im Traum in den Sinn, dass eine so nette Freundin andere Absichten haben könnte.

Sie ist eine sehr attraktive, schlaue Frau, die von Männern dementsprechend umschwärmt wird. Sie steht zwar auf grosse und schlanke Männer. Wenn möglich mit Bart, und bekleidet mit Pullover. Jedenfalls ja keine Krawatte. José ist eher klein und immer sehr elegant gekleidet, also genau das Gegenteil. Eigentlich nicht, was Angela gefallen würde. Trotzdem war sie so sehr an José interessiert, dass sie meine Telefonate für sich selber benutzte. Darum konnte sie sich immer wieder mit José treffen und mir im Nachhinein irgendetwas erzählen.

Dieses Spiel bemerkte ich und erzählte es José, und dass dieses Gebahren mich schmerze. Worauf er sich entschuldigte. Ihm wurde dies gar nicht bewusst. Leider hörte dieses Spiel nicht auf. Trotzdem konnte und wollte ich José nicht den Rücken zukehren.

José hatte nun einen passenden Mann für Angela gefunden. Er hatte zwar keinen Bart, aber er passte zu ihr und sie war gleich eng mit ihm befreundet. Oh welches Glück für mich!

Karneval mit Angela

Einen ganzen Monat über den Aschermittwoch hinaus wurde Karneval gefeiert. Angela organisierte für ihren Freund, mit José und mir, die Karneval-Schlussfeier oben am Berg, zu besuchen. Von nun an wollte José nur noch mit mir zusammen sein und mich sogar heiraten.

(Ich wusste nicht, ob es nur ein Spiel war. Denn für Angela war Heiraten das Allerwichtigste. Sie war ja nie verheiratet gewesen.) José erklärte ich ganz offen, dass ich ihn über alles liebe, aber wegen meiner grausamen Erfahrungen würde ich gar nie wieder heiraten. Er wollte dies nicht begreifen. Immer wieder kam er mit dieser Frage. Dann stellte er mir sogar das Ultimatum: «Ja, wir heiraten, oder nein, wir sehen uns nie mehr. Es gibt kein Aber. Ja oder Nein!»

Nein wollte ich nicht sagen, darum sagte ich schliesslich Ja. Aber dabei fühlte ich mich gar nicht wohl.

Ich musste zur Bank. Mit dem Bankdirektor verstand ich mich gut. Ihm erzählte ich von meinen Sorgen. Er aber hatte sofort grosse Bedenken und fragte mich, ob er eine Nachforschung machen dürfte. Klar war ich ihm dankbar und froh, jemanden zu haben, der sich für mich Sorgen machte. Das Resultat war dann auch dementsprechend. José war dreimal verheiratet gewesen und daraus entstanden sieben Kinder. Etwas wusste ich schon, aber nicht in diesem Mass. Der Direktor bat mich, ja keine Dummheiten zu machen, und ein erpresstes Ja ist ungültig. Nun fiel mir ein Stein vom Herzen.

Johny

Nach der Fastnacht ging ich nach Puerto de la Cruz zum Tanzen. Dort traf ich einen sehr fröhlichen Engländer, der ziemlich gut tanzte. Mit ihm erlebte ich einen netten und lustigen Abend. Ich wollte ihm ein Kompliment machen und deshalb sagte ich: «You are a handsome and a very gay

Gentleman.» (Sie sind ein gut aussehender und ein sehr lustiger Gentleman.)

Er aber war entsetzt und konnte es nicht begreifen, dass ich zu ihm so etwas zu sagen wagte, zudem würde ich ihn doch gar nicht kennen.

Nun verstand ich nichts mehr. Warum wollte er denn nicht ein fröhlich, lustiger Gentlemen sein? Ich probierte auf verschiedene Arten zu erklären, wie ich es meinte. Doch alles half nichts. Das Wort «gay» war das Problem. Im Jahr 1956 lernte ich im College, fröhlich oder lustig heisst gay. Endlich erklärte mir dieser Engländer, dass heutzutage dieses Wort etwas ganz anderes bedeutet. Ich fiel aus allen Wolken. Wie kommt man nur dazu, ein so schönes Wort in «schwul» umzuwandeln?

Solange Johny noch in den Ferien war, fuhr ich natürlich regelmässig nach Puerto de la Cruz zum Tanzen. Er hatte in England mitgeholfen, Tanzkurse zu geben. Nun wollte er die Ausbildung zum Tanzlehrer machen. Auch wollte er im Fred Astaire Studio die Tanzlehrerausbildung besuchen. Da ich nach meinem Schweizer Aufenthalt nach Amerika zu meinen Freunden ins Fred Astaire Studio reiste, fragte ich bei meinen Freunden, ob eventuell ein Platz für Johny vorhanden wäre. Sie waren so gastfreundlich und luden diesen Johny sofort ein.

Dann fragte Johny, ob er zusammen mit mir reisen dürfe, da er sich in Amerika nicht auskenne, er könnte zuerst nach Teneriffa fliegen. Also erlaubte ich ihm dies, und sogar, dass er bis zur Abreise als Übergang bei mir übernachten dürfe. Also abgemacht!

Angela und Ferienwohnung

Angela mietete für die Osterferien eine Wohnung im Süden. Sie lud mich ein, mit ihr die paar Tage zu verbringen. Doch ich musste ihr absagen, weil ich bereits von José eingeladen war, um im Süden in einem schönen Hotel die Ferien zu verbringen.

Als ich mit Angela in der Stadt war, trafen wir wieder «per Zufall» José. Von ihm wollte Angela genau wissen, wo und in welchem Hotel wir die Ostern verbringen würden. Dann sagte sie zu José: «Also eine Entfernung von nur ca. 20 km. Natürlich müsst ihr mich besuchen, auch könnt ihr bei mir übernachten. Hier habt ihr meine Adresse, mit genauen Anweisungen. Die Telefonnummer hat Lea.»

Als José mich später besuchte, wollte ich Näheres übers Hotel wissen, und ob ich Badesachen mitnehmen solle, wie auch festliche Kleider zum Tanzen. Darauf meinte José: «Du brauchst überhaupt nichts mitzunehmen. Du gefällst mir immer, auch ohne etwas. Ich hole dich am Gründonnerstag um circa vier Uhr ab.»

Voller Glückseligkeit wartete ich um 16 Uhr auf José. Es wurde 17 Uhr, das ist normale Verspätung für die Kanaren. Es wurde 18 Uhr, langsam wurde ich ungeduldig. Was sollte ich machen? Um 20 Uhr rief ich José an. Seine Mutter antwortete und sagte: «José ist mit einem Kunden in den Süden gefahren. Ich weiss nicht, wann er dich abholen will.»

Das genügte mir. Voller Wut holte ich zuhause Angelas Telefonnummer und lief wieder zur Telefonkabine, um Angela anzurufen. Da nahm jemand ab, aber dieser Mann wusste nichts von Angela, und ich musste nach einer halben Stunde zurückrufen. Als ich wieder telefonierte, bekam ich die Antwort: «Ja eine Angela hat eine Wohnung gemietet, aber ich kann Sie nicht mit ihr verbinden. Soll ich ihr etwas ausrichten?»

«Ja gerne. Sagen Sie ihr, ich würde zu ihr fahren und circa in einer Stunde bei ihr ankommen. Danke!»

Wütend holte ich meine Sachen, stieg ins Auto und fuhr weinend in den Süden.

Es war aber viel weiter als ich dachte, und ich kam erst um 23:30 Uhr dort an. Alles war dunkel und zugesperrt. Was soll ich nun tun? Ich versuchte leise zu rufen, dann lauter und noch lauter, aber alles blieb still und dunkel. Doch weil ich bereits mit Angela dort war, um das Appartement auszuwählen, wusste ich genau, welches Fenster zum Schlafzimmer gehörte, und dieses war offen. Also suchte ich nach einem kleinen Stein, konnte leider keinen finden. Aber in meiner Tasche suchte ich nach etwas und schmiss meinen Lippenstift durchs offene Fenster. Doch nichts geschah. Was nun? Ja, dann müsste ich die Nacht im Auto verbringen. Nur eines, ich musste mal. Also suchte ich ein Versteck. Ich entdeckte einige Büsche der Strasse entlang, wo ich mich gut verstecken konnte. Aber, oh Schreck! Da drinnen bewegte sich etwas. Ich stiess einen Schrei aus. Eigenartig, auch aus dem Gebüsch kam ein weiblicher Schrei. Welcher Zufall! Es war Angela. Wir beide fragten einander: «Was machst du genau da?»

Angela erklärte: «Ich habe die Nacht abgewartet, um von diesem Gebüsch Hibiskus-Blumen zu stehlen. Wo ist José?» Während sie sofort nach José suchte.

Auf meine Worte hörte sie nicht, nur José wollte sie finden. Endlich verstand sie, dass José nirgends zu finden war. Dann konnten wir über diesen Zufall herzhaft lachen.

Nun musste ich erzählen, warum ich alleine kam. Dann erzählte Angela: «Ich wollte für dich ein riesiges, dunkelrotes Rosen-Arrangement und für José eine Flasche Whisky ins Hotel bringen. Ihr wart noch nicht angekommen, darum verlangte ich ein Geschenk-Kärtchen, um meine Widmung zu schreiben. Leider bekam ich nichts dergleichen, darum musste ich ins nächste Dorf fahren, um eine Papeterie aufzusuchen. Zu allem Unglück hatte ich kein Geld, und somit musste ich den langen Weg nochmals fahren. Danach zurück zum Hotel, und ich gab dem Herrn an der Rezeption den Auftrag, die Rosen mit der Karte höchstpersönlich dem Paar zu überreichen. Nun bist du alleine hier. Das ist verrückt!»

Am andern Morgen telefonierte Angela ins Hotel, um zu fragen, ob dieses Paar gekommen sei. «Nein das Zimmer ist noch nicht besetzt.»

Am Mittag telefonierte Angela nochmals. Es hiess, dieses Paar wäre noch nicht gekommen. Auch am Abend erhielten wir wieder dieselbe Antwort.

In der Nacht war ein starkes Gewitter, das richtig abkühlte. Am Karsamstagmorgen, zu unserer Überraschung, hatte es ausnahmsweise einmal bis fast zum Meer hinunter geschneit. Aber als die Sonne wieder wärmte, gingen wir zur Telefonkabine, um im Hotel nach José zu fragen. Immer noch war niemand da. Doch endlich, am Mittag hiess es, das Paar sei gekommen und der Herr an der Rezeption hätte die Rosen mit Karte der Dame überreicht. Nun war Angela total erbost. Unerhört, was sich José leistete!

Ich war sehr traurig, und Angela war sehr wütend. Sie hatte ja soviel unternommen, um José zu sich zu locken. Nun war alles ins Wasser gefallen, dafür konnten wir uns gegenseitig trösten.

Die Sonne schien und wärmte, so dass der Schnee schnell schmolz und wir bereits wieder im 19° warmen Meer schwimmen konnten.

Mit Johny nach Amerika

Anfangs Mai kam Johny nach Teneriffa, um zwei Tage später mit mir nach Amerika zu fliegen. Am Abend ging er in die Diskothek vis-à-vis und kam erst am Morgen wieder nach Hause. Beim Frühstücken beichtete er: «Ich traf sehr nette Leute, und zusammen haben wir viel getrunken, aber ich musste mein ganzes Geld, 250 £, hinlegen.»

Ich war wütend und machte ihm Vorwürfe, mit so viel Bargeld in der Tasche herumzulaufen und sich von Ganoven ausnutzen zu lassen. Schon merkte ich, dass ich auf diesen Johny aufpassen musste, besonders, weil ich ihn nach Amerika mitnahm.

Die Reise verlief gut. Linda und Jerry nahmen uns mit Freude auf. Jerry war glücklich, einen englischen Gentleman im Fred Astaire Studio zu haben und förderte Johny, wo er nur konnte. Johny war lange Zeit in einer guten Tanzschule in London und hatte Tanzerfahrungen. Er kannte auch viele Sequenz-Tänze, darum fragte Jerry ihn: «Könntest du einen Tanz unterrichten, wenn Lea dir assistiert?»

«Oh ja! Kein Problem. Mache ich gerne.»

Nun machte ich mich mit ihm an die Arbeit. Er tanzte mit mir, und ich versuchte, mir die Schritte als Dame zu merken. Dann bat ich ihn, mir die Damenschritte genauer zu zeigen, aber er hatte überhaupt keine Ahnung davon. Dann versuchte ich zu verstehen, wie jeder Schritt platziert werden musste. Aber dann sagte Johny: «Ich kann das nicht. Mach du es!»

Da der Kurs bereits ausgeschrieben war, musste ich schauen, wie ich alle Herren-Schritte und meine Damen-Schritte den Schülern plausibel beibringen konnte.

Johny hatte mich sehr enttäuscht, auch merkte ich, dass ihm die Ausbildung gar nicht wichtig war. Er wollte nur profitieren. Ich entschuldigte mich bei Linda und Jerry und schämte mich,

Johny mitgenommen zu haben. Auch musste ich Johny immer wieder auffordern, nicht immer zu warten, bis Jerry bezahlt hatte. Ich war so wütend über diesen Scharlatan!

Am Sonntag, als das Studio geschlossen war und da Johny an seiner Ausbildung nicht interessiert war, machten wir einen Ausflug. Wir nahmen Picknick und ein Leintuch zum Draufsitzen mit. Plötzlich kam ein Gewitter auf, und es fing sehr stark zu regnen an. Wir machten uns auf den Heimweg. Um nicht nass zu werden, spannten wir das grosse Tuch über unsere Köpfe. Ich ging voraus und Johny hinter mir nach. Johny reklamierte: «Lauf nicht so schnell, mir läuft alles Wasser auf den Kopf.»

Also erklärte ich ihm: «Du musst das Tuch fest über deinem Kopf zurückziehen und schräg gegen den Regen halten. Dann läuft das Wasser ab, wie bei einem Regenschirm.»

Wir gingen weiter. Johny rief immer wieder «nicht so schnell», und ich antwortete immer: «Wenn du das Tuch nicht spannst, muss ich schneller laufen, sonst fällt das Tuch auf meinen Rücken.»

Aber als ich zurückschaute, hielt er die Arme zwar nach oben, aber zusammen und nach vorne, sodass ein Kanal entstand und ihm ein richtiger Bach ins Gesicht floss.

Drei Wochen waren vorüber. Ich hatte so genug von Johny, dass ich ihn bat, alleine nach Hause zu fliegen, weil ich noch weitere zwei Wochen hier bleiben wollte.

Ohne Johny konnte ich mich richtig in mein Studium vertiefen und zusammen mit Linda und Jerry arbeiten. Endlich genoss ich die Zeit im Fred Astaire Studio.

Angela und Felipe

Wieder zu Hause, lud Angela José und ihren Felipe ein, um sich bei mir zu treffen. Plötzlich sagte Angela: «Felipe, du hast ja noch nicht gegessen. Lea kann sehr gute Spiegeleier machen. Magst du essen?»

Diese unverfrorene Angela! Zum Glück konnte ich erwidern: «Ich habe keine Eier im Haus, weil ich immer nur das Nötigste einkaufe.»

Sofort sagte José: «Kein Problem. Ich hole schnell welche.»

Und schon war er fort. Vom Balkon aus schauten wir ihm nach. Verrückt, damit er schneller war, fuhr er einfach entgegen der Einbahnstrasse. Als er wieder heil und ganz zurückkam, war ich so froh. Aber total verrückt, er trug auf seinen Armen einen Karton mit 30 Eiern. Also machte ich mich ans Kochen.

An einem Abend kam José und fragte mich, ob es möglich wäre, ihn morgen abend zum Flughafen zu begleiten. Angela hätte ihn angerufen, er mit seinem Freund Felipe sollen sie abholen, sie komme um 21:30 Uhr aus Madrid an. Darauf hätte er ihr geantwortet, wenn möglich mit seinem Freund zu kommen, er selber komme aber nur, wenn Lea ihn begleiten würde.

Ich fand dies wieder unverschämt von Angela, die bereits eine engere Beziehung mit Felipe hatte und sicher seine Telefonnummer kannte.

Am folgenden Abend holten mich die beiden Männer ab, um zum Flughafen zu fahren. Als Angela ankam, streckte sie voller Freude die Arme zuerst nach José aus und umarmte ihn. Danach begrüsste sie Felipe und mich.

Zu Hause angekommen, verabschiedeten wir uns im Garten, denn Angela hatte nur eine kleinere Reisetasche. José war müde und wollte sofort schlafen gehen. Aber Felipes Abschied von Angela dauerte sehr lange. Endlich war es so weit. Noch ein Küsschen von José zum Verabschieden, aber zu meiner Überraschung sagte Angela: «José, warum kannst du mich heute nicht richtig küssen?»

Angelas Benehmen tat mir richtig weh. Wie kann eine sogenannte Freundin so etwas sagen?

Leider war ich abhängig von Angela, weil ich damals als Schweizerin nicht zur EU gehörte und in Spanien keinerlei Rechte hatte. Zudem arbeitete Angela direkt unterm Präsidenten.

Steppen

Damals, kurz nachdem ich nach Teneriffa kam, schaute ich mir zwischen Weihnachten und Neujahr die Stadt an. Plötzlich hörte ich, wie eine Gruppe Steppen übte. Sofort ging ich dem Klang nach. Ich öffnete die Türe und suchte nach einer Information. Schon kam eine niedliche Dame auf mich zu und bat mich einzutreten. Von hinten hatte ich eine gute Übersicht der Steppklasse. Ein älterer Mann fiel mir auf, der konnte wirklich steppen. Diese Gruppe gefiel mir sehr gut und ich dachte, an einem anderen Tag vorbeizugehen und mich als Lehrerin vorzustellen.

Als ich später vorbeiging, fand ich die Türe, aber diese war verschlossen und nichts von Steppen und Tanzen war zu finden.

Schon mehr als ein Jahr war vorbei, als ich Angela davon erzählte. Sie erkundigte sich und erzählte: «Eine Arbeitskollegin, die Anwältin ist, tanzte zusammen mit diesem Herrn Augustin, man nennt ihn Tatin. Aber die Tanzschule existiert nicht mehr.»

Ja, das war weniger erfreulich, aber ich hoffte, irgendwann eine Tanzschule zu finden, weil ich ohne Residencia nichts unternehmen konnte.

Mit Walter ging ich einmal pro Woche den Berg hinauf. Ihm erzählte ich von meinen Sorgen, aber er meinte, dass Tanzen etwas ganz Unseriöses wäre. Ich solle mich besser nach einem richtigen Mann umschauen.

Wir kamen auf eine Anhöhe, von wo drei Männer ins Tal hinunter schauten. Walter fing sofort mit ihnen zu plaudern an. Einer von ihnen sprach mich an und erzählte: «Teneriffa ist eine interessante Insel, mit wunderschönen Pflanzen und mit einer Vielfalt von Käfern. Ich sammle Käfer wie auch Steine, die teilweise sehr wertvolle Mineralien enthalten wie zum Beispiel Olivino. Ja, ich habe noch ein anderes Hobby, ich steppe gerne.»

«Heissen Sie etwa Augustin?»

«Ja, der bin ich.»

«Ich habe Sie damals steppen gesehen. Sie waren weitaus der Beste. Später suchte ich diese Schule auf, aber alles war geschlossen.»

«Ja, das stimmt, und nun gehe ich zur Kalinka. Kommen Sie doch auch. Ich schreibe Ihnen die Adresse auf.»

Nun war ich sehr glücklich, diesen Stepptänzer getroffen zu haben und zu wissen, wo diese Tanzschule zu finden war.

Neues Telefon

Immer noch wartete ich vergebens auf den Telefontechniker. Ich bekam noch drei hohe Rechnungen. Trotzdem ich nichts bezahlte, geschah nichts. Aber zum Glück wurde schliesslich das Telefon abgehängt. Leider konnte ich nie telefonieren wegen diesem blöden Telefonzähler und musste immer ein öffentliches Telefon aufsuchen. Handy gab es damals noch nicht.

Einem Freund erzählte ich von der verrückten Telefongeschichte. Er war ein hoher Beamter bei Scotland Yard und oft auch in Spanien tätig. Zu meiner Verwunderung riet er mir: «Wenn dein Sohn in die Ferien kommt, bestellst du einfach einen neuen Anschluss für Marco. Dazu brauchst du aber eine Vollmacht, die ihr bei einem Anwalt anfertigen lasst. Wenn dann der Techniker kommt, um das Telefon zu installieren, soll er das alte mitnehmen, welches dem Vorgänger gehörte. Du kannst mir vertrauen, denn ich bin zuständig für solche Angelegenheiten.»

Mit diesem Rat ging ich mit Marco zum Anwalt, wie mein Freund mir geraten hatte. Sage und schreibe ohne Schwierigkeiten montierte der Techniker ein neues Telefon, aber diesmal ohne Zähler. Alles Vorherige nahm er ohne weiteres mit. Endlich hatte ich ein normales Telefon, um mich wieder mit meinen Lieben in Verbindung zu setzen. Von diesem Moment an lief alles normal. Gott sei Dank!

Catherine dankt für Simone

Ich erhielt einen Brief von Catherine, der Frau von meinem Ex-Mann. Verwundert öffnete ich und las:

Liebe Lea

Danke dass Sie Simone in die Ferien eingeladen haben. Sie fliegt mit Gabi …

Solch eine Frechheit. Nie würde ich dieses freche Mädchen einladen. Es war schon mehr als genug, dass ich jeweils erlaubt hatte, Simone in Goldach zusammen mit meinen Kindern mitzunehmen. Nun musste ich hart sein und schrieb sofort zurück:

Liebe Catherine

Es tut mir sehr leid, aber nie hatte ich Simone eingeladen. Da Gabi alleine kommt, möchte ich endlich profitieren, für sie alleine Zeit zu haben.

Mit freundlichen Grüssen

Auf diesen Brief bekam ich einen Schandbrief, ..., dass wegen mir Simone keine Ferien machen könne, etc.

Marco kommt mit Brief

Marco kam wieder für sechs Wochen zum Windsurfen in die Ferien. Leider gab Bruno ihm einen Brief an mich mit. Klar wusste ich, dass es kein Liebesbrief war, er probierte einfach wieder mich anzugreifen. Als er in meinem Elternhaus soviel wie möglich ausraubte, vergass er einen Stapel Bücher, 32 Bände Kulturgeschichte der Menschheit. Ich war froh, dass die zurückgeblieben waren, denn ich war diejenige, die diese las.

Nun stand in diesem Brief, dass ich Marco alle Bücher geben solle. Wenn nicht, so würden wir uns vor Gericht treffen.

Das war richtig lächerlich. Dieser arme Mann hat nichts anderes im Sinn, als nur auszutüfteln, wie er mich schädigen könnte.

Als Marco den Koffer packte, verlangte er die Bücher, welche er dem Vater mitbringen müsse. Ich versuchte Marco möglichst zu schonen und machte ihm klar, dass diese Bücher mir gehörten. Die ersten zwei hatte ich gelesen und diese gab ich Marco mit. Die anderen würde ich erst aushändigen, wenn ich sie gelesen und ich die ersten zwei wieder zurückbekommen hätte.

Es schmerzte mich besonders, weil Bruno noch Marco für diesen Blödsinn benutzte.

Kalinka

Nach den Sommerferien, konnte ich die Ballettschule Kalinka aufsuchen und dort auch Augustin treffen. Eine Engländerin gab Stepkurs. Ich meldete mich an, ohne mich als Steplehrerin erkenntlich zu geben. Die niedliche Dame war sogar die Direktorin der Ballettschule. Auch sie tanzte mit uns als Schülerin. Da Augustin, den alle Tatin nannten, besser tanzte, wie auch ich, durften wir beide 30 Minuten vor dem Unterricht den Saal benutzen, um unsere eigenen Schritte zu üben. Das machte so richtig Spass.

Zwischen Weihnachten und Neujahr kam Pat, meine Tanzlehrerin aus England, mit ihrem Mann Michael zu mir auf Besuch. Ihnen zeigte ich die Ballettschule und fragte nach ihrer Meinung, ob ich Tanzunterricht anbieten solle. Ihnen gefielen diese Räumlichkeiten, auch die Organisation. Zum Anfangen wäre es genau das Richtige. Die Direktorin, Carina, war sofort begeistert und schrieb den Tanzkurs für Februar aus. Ohne Residencia war es auch kein Problem, da ich als Lehrerin von Imperial London Parketttanzen neu einführte.

Winterferien 1989

Wie jeden Januar reiste ich in die Schweiz zum Eistanzen und um meine Familie zu sehen. Ich fragte Mutti und pochte darauf, für die wenigen Tage auf ihrem Sofa zu schlafen. Nun erzählte Mutti: «In der Stadt habe ich eine Schülerin von dir getroffen. Sie fragte nach dir und war sehr interessiert. Da sagte sie, das treffe sich gut, denn sie hätte genügend Platz, auch für deine Wintersachen.»

Mutti war froh und willigte ein, ohne mich zu fragen. Diese Schülerin war eine gesetztere Dame. Sie war mir nicht so sympathisch, aber mir blieb nichts anderes übrig, als dort hinzugehen. Es war ein Glück, dass ich eigentlich nur die Koffer fürs Engadin, meine Wintersachen packen musste und weiterreisen konnte.

Als ich vom Engadin zurückkam, musste ich bei Gerda einziehen. Sie begrüsste mich hocherfreut und zeigte mir das kleine Zimmer und ihre Wohnung. Für meine Wintersachen hatte sie Platz unterm Dach. Am folgenden Tag half mir Gerda, meine restlichen Wintersachen bei Erica abzuholen.

Nun wohnte ich bei Gerda, nicht weit entfernt von Mutti, der ich jederzeit einen Besuch abstatten konnte. Also besuchte ich Mutti, um ihr meine Neuigkeiten zu erzählen. Kaum war ich eine halbe Stunde bei ihr, sagte sie: «Entschuldigung, jetzt habe ich keine Zeit mehr. Weisst, die Tochter von meiner Nachbarin kommt mit ihren Kindern, und da muss ich den Tisch richten und Kaffee und Kuchen auftischen. Du kannst ja morgen wieder kommen.»

Ich glaubte, nicht mehr Deutsch zu verstehen. Aber ich machte mir Gedanken. Meine Mutter hatte ich immer im falschen Licht gesehen. Langsam wurde mir klar, dass ich meiner Mutter von Geburt her nur im Wege stand.

Nun ging ich ins Hotel, wohin Mutti mich das letzte Mal verfrachtet hatte, um zu sehen, ob die ältere Dame immer noch dort wohnte. Tatsächlich fand ich sie. Leider war sie umgefallen und musste das Bett hüten. Ich merkte, dass ich bei ihr viel mehr willkommen war, als bei Mutti. Darum erzählte ich ihr, was mich belastete. Sie konnte dieses Handeln meiner Mutter überhaupt nicht verstehen und tröstete mich.

Siegfried bei der RAIDAG

Siegfried hatte mir geschrieben und fragte nochmals nach meinen Ferien bei der RAIDAG. Allerdings liess ich ihn noch eine Weile zappeln, bevor ich schrieb, dass ich komme, obwohl ich wusste, dass ich nun jedes Jahr für zwei Wochen bei der RAIDAG verbringen würde.

Am Samstag, als die RAIDAG-Mitglieder anreisten, konnte ich Siegfried nicht sehen, aber das Jahr zuvor kam er ja auch erst am Sonntag. Zur Begrüssung kamen wieder alle RAIDAG-Gäste, nur Siegfried sah ich immer noch nicht. Gleich nach der Begrüssung sagte die Präsidentin: Zuerst möchte ich bekanntgeben, dass Siegfried sich angemeldet hatte, aber leider vor einer Woche gestorben ist. Für ihn schalten wir nun eine Schweigeminute ein.»

Immer hatte ich vermutet, dass Siegfried eine schwere Operation hinter sich hatte, weil er etwas versteckte. War es vielleicht deswegen, warum er sich damals so unverständlich äusserte, ich sei als Katholische immer verheiratet, und er könne mich deswegen nicht seinem Chef vorstellen. Meinte er vielleicht mit diesen Worten, mich verschonen zu können?

Eine Holländerin, die ihn nicht nur durchs Eistanzen kannte, sondern auch ständig geschäftlich mit ihm in Verbindung war, wollte mich trösten. Nachdem ich ihr von unseren eigenartigen Schwierigkeiten erzählt hatte, sagte sie: «Ich kannte Siegfried sehr gut. Er war immer nett und sehr korrekt. Soviel ich weiss, hatte er keine weitere Beziehung gehabt. Ich weiss auch, dass er öfters im Spital in Holland war. Deswegen bin ich fast sicher, dass er dir die Wahrheit nicht sagen wollte, um sich und dich zu schonen. Er hat dir einfach irgendetwas gesagt. Vermutlich rechnete er bereits letztes Jahr mit seiner letzten Stunde.»

So wird es gewesen sein. Letztes Jahr vermutete Siegfried vielleicht, dass wir uns zum letzten Mal sahen, als er mir sagte: «Die schönsten Stunden in meinem Leben habe ich mit dir verbracht.»

Vielleicht wollte er sich auch damit entschuldigen? Jedenfalls war er der Mann, mit dem auch ich meine glücklichsten Stunden erleben durfte. Sicher hätte ich mein Leben mit ihm teilen können, aber sicher ohne zu heiraten. «Gott segne ihn und lasse ihn in Frieden ruhen!»

Walter im Casino

Zurück in Teneriffa rief Walter mich an, um uns im nahegelegenen Café zu treffen. Nun erzählte er, was alles geschehen war. Bei ihm zuhause spielte Vincent weiterhin die Kranke. Vermutlich wollte sie damit nur ihren Mann zu Hause anbinden. Sie war aus lauter Eifersucht eine richtig kranke Frau. Sie legte sich aufs Sofa und liess Walter den ganzen Haushalt bewältigen. Sie widmet sich nur ihrer Schönheit, mit Fingernägel lackieren, etc. Sie trieb es so weit, dass der arme Walter sich bereits um 19 Uhr mit ihr ins Bett legen musste. Natürlich musste dann noch gefeiert werden, obwohl sie todkrank war. ??? Tagsüber musste Walter ihr das Händchen halten, damit jedermann sehen konnte, wie sehr er sie liebte.

Eines Tages klagte Walter, er könne dies nicht mehr aushalten. Er müsse immer so früh ins Bett gehen und würde doch so gerne im Casino Roulette spielen. Ich machte ihm Mut und riet ihm: «Einmal pro Woche hast du Herrenabend, um in den Ausgang zu gehen. Schlafen kann Vincent auch alleine. Klar wird ihr dies keineswegs passen, dass du dir solch eine Frechheit erlaubst. Aber sie muss lernen, einmal pro Woche alleine zu sein und darf dich nicht zurückhalten.»

Zwei Tage später telefonierte Walter und erzählte, wie sie ihn beschimpft habe, weil er sie alleine gelassen hatte. Daraufhin antwortete ich ganz kühl: «Wenn sie nicht alleine schlafen will, kann sie ja mit dir ins Casino gehen oder bei ihrer Tochter auf dich warten.»

Dieser Vorschlag passte ihm, und er versuchte, ihr dies klar zu machen. Ja, er brachte es soweit, dass sie einverstanden war und sie sich bei ihrer Tochter ins Bett legen konnte bis Walter sie abholte.

Walter war sehr beruhigt zu wissen, dass seine Frau bestens umsorgt war. Endlich genoss er wieder die Atmosphäre des Casinos. Leider wurde es etwas später, um Vincent abzuholen.

Dafür kriegte er ein Donnerwetter, weil Vincent so lange bei der Tochter warten und noch mitten in der Nacht aufstehen musste, um nach Hause zu gehen. Das sei eine Zumutung für sie als kranke Frau. Darauf versprach er beinahe, nie mehr ins Casino zu gehen. Doch dann erinnerte er sich an meine Worte, und sagte schroff: «Dann kommst du das nächste Mal eben mit mir ins Casino. Basta!»

Die folgende Woche machte er sich bereit fürs Casino. Ohne ein Wort zu sagen, machte auch sie sich schön und begleitete ihn. Neben dem Roulette-Tisch konnte Vincent sich aufs Sofa setzen und posieren. Da entdeckte sie eine Dame, die zu Walter etwas sagte. Nun kam Vincent in Schwung. Wie der Blitz stellte sie sich zwischen die beiden, streichelte Walter über die Wange und sagte mit einer süssen Stimme: «Das ist mein Mann.»

Den Croupier schüttelte es sogar vor Lachen und mehrere am Tisch, die es beobachtet hatten, lächelten auch.

Mit Angela in Sevilla

La Semana Santa (Karwoche) verbrachte ich mit Angela in Sevilla. Dies war eine ganz neue Erfahrung. Während der ganzen Woche wurden täglich Prozessionen abgehalten.

Die Madonna und der gekreuzigte Jesus wurden auf einem mit Silber und Kerzen verzierten Tisch getragen. Ministranten, die sich mit ihrer Leistung verdient gemacht hatten, durften abwechslungsweise Träger von diesen Heiligen sein. Unter dem verzierten Tisch waren vier Balken angemacht, damit je drei Träger nebeneinander, mit einer Decke im Nacken, dieses schwere Gewicht tragen konnten. Also waren jeweils zwölf Männer unter einem Tisch. Vor oder hinter dem Heiligentisch schlug eine Gruppe Männer auf Trommeln, täram pam pam, täram pam pam …

Für die Heiligenträger war es der Rhythmus, den sie zusammen nach links und nach rechts vorwärtsschreiten mussten. So zu gehen ist sehr mühevoll, darum stand immer wieder einer am Strassenrand bereit, um unter den Tisch zu schlüpfen und den einen oder andern abzulösen.

Dann zog eine Gruppe Ministranten mit kleineren und grösseren Lanzen vorbei. Manche Lanzen hatten noch ein Lämpchen obendrauf. Hier ging es aber um den finanziellen Stand der Betreffenden, dementsprechend präsentierten sie die kleinen und grösseren Lanzen.

Da war noch eine Gruppe Meuchelmörder mit ihren spitzigen Kapuzen. Sie trugen ein Kreuz, oder auch zwei und drei. Da ging es darum, je nachdem was sie präsentierten, abzubüssen.

Für mich war alles sehr neu, aber es ist ja reine Aufmachung. Klar, das ganze Volk braucht so etwas für den Glauben. Aber für mich war es einfach wie ein Kirchen-Volksfest.

Da und dort sang ein Mann eine Jota für den Heiligen. Dabei liefen diversen Leuten die Tränen herunter vor Erregung. Dies beeindruckte mich. Soviel Energie strömte von diesem Gesang aus.

Die Zwerge von La Palma

Mit Angela reiste ich zur 500-Jahr-Feier der Insel La Palma, welche zu Teneriffa gehört. Für die Jahrhundertfeier wurde die Maria-Statue, oben in der Bergkappelle, mit einer Prozession heruntergeholt. Auf dem Fussballplatz wurde diese hingestellt. Dann kamen etwa zwölf junge Tänzerinnen, bekleidet mit hellblauen, luftigen Umhängen, eher im griechischen Stil, und tanzten um den Heiligentisch herum. Es kam mir vor wie in der Bibel, als Moses vom Berg herunterkam mit den zwei Tafeln, wo die Leute ums goldene Kalb herumtanzten.

Hingegen gefiel mir der Abend, wo andere Darbietungen von Bewohnern der Insel La Palma aufgeführt wurden. Speziell gefiel mir der Tanz der Zwerge, welcher einmalig ist auf La Palma.

Am folgenden Tag besuchte Angela ihre Familie, und ich mietete ein Auto und schaute mir die ganze Insel an.

Der Fernseher

Ich kannte einen Matrosen, der auf einem Schwedenschiff gearbeitet hatte. Als er zurück nach Teneriffa kam, fand er keine Arbeit und erhielt auch kein Arbeitslosengeld. Sein Fernseher hatte versagt. Als Alleinlebender war dies seine einzige Unterhaltung, und nun war er sehr traurig. Walter erzählte ich davon, weil mir der arme Matrose leidtat. Auch Walter empfand so, aber er hatte ein gutes Herz und sagte: «Ich habe einen zweiten Fernseher, da könnte ich ihm den älteren schenken. Nur habe ich ein grosses Problem, meine Frau! Sie möchte doch eher etwas verdienen, anstatt zu verschenken. Sie würde den Fernseher lieber teurer verkaufen, als wir damals dafür auslegten.

«Weisst du was? Ich sage Vincent, Marco möchte den Fernseher für 20'000 Pesetas kaufen. Natürlich zum Freundschaftspreis, weil der Fernseher sowieso kaputt sei. Wenn du mit Marco kommst, um den Fernseher zu holen, bezahlt er mir vor Vincents Augen 20'000 Pesetas für den Fernseher, die ich dir dann wieder zurückgebe.»

«Abgemacht!»

Marco und ich machten uns auf den Weg. Walter erwartete uns und erklärte sein Vorhaben in Anwesenheit von Vincent, die sowieso kaum ein Wort in Schweizerdeutsch verstand: «Schaut her, das Fernsehkabel stecke ich in die falsche Dose, damit kein Bild erscheint und wir sagen können, der Fernseher wäre müllreif. Marco, du musst jetzt sagen, dass du den flicken wirst und gibst mir 20'000 Pesetas, obwohl ich eigentlich 50'000 Pesetas verlangen müsste.»

Danach erklärte Walter seiner Vincent in Spanisch: «Der Fernseher ist kaputt. Siehst du, das Bild kommt nicht mehr.

Marco möchte ihn flicken und bezahlt deswegen nur 20'000 statt 50'000 Pesetas. Er fragt, ob du, Vincent, damit einverstanden wärest.»

Nun überreichte Marco mit grossartiger Geste die 20'000 Pesetas. Sofort versorgte Walter das Geld in der Kammer.

Dann schickte Walter seine Vincent in die Küche, um einen Drink zu offerieren. Als sie weg war, huschte Walter schnell in die Kammer, um das Geld zurückzu- holen und gab es Marco wieder. Welches Theater und Zufriedenheit allerseits!

Auf der Heimfahrt mit unserem Fernseher mussten wir auf der engen Strasse hinter einer Frau herfahren. Sie hatte rechts ein steifes Bein und deswegen wackelte sie bei jedem Schritt ganz komisch nach rechts. Es sah richtig ulkig aus.

Endlich konnten wir sie überholen, aber es war wie verhext, schon mussten wir langsam hinter einem Mann herfahren, der ausgerechnet gleich wie die ulkige Fussgängerin zuvor, links ein steifes Bein hatte und genauso wie die Frau zuvor wackelte, er nun jeweils auf die linke Seite. Marco, der nur selten lacht, lachte plötzlich so heftig, dass es ihn schüttelte. Natürlich ging es mir genau gleich.

Angela und Josef

Da ich das Land sowieso wieder verlassen musste, reiste ich gerne in ein anderes Land. Angela fragte mich, ob ich mit ihr in Malta Ferien machen würde. Das interessierte mich und ich war froh, nicht alleine zu gehen und die 80 % Zuschlag für Einzelzimmerbenutzung nicht zahlen zu müssen.»

Zusammen gingen wir aufs Reisebüro und buchten den Flug nach Malta. Wir beide freuten uns auf die gemeinsamen Ferien. Gut angekommen, wurden wir zu unserem Hotel geführt, welches sich mitten in Valleta befand. Nachdem wir unsere Koffer ausgepackt hatten, spazierten wir bis hinunter zum Meer. Plötzlich schritt Angela davon wie auf einem Laufsteg und sagte: «Ach Lea, schau, dass du einen Mann triffst, der mit dir tanzt und uns beide ausführt.»

«Angela, was soll das? Man kann doch nicht einfach einen Mann daherzaubern.»

Aber sage und schreibe, schon grüsste uns ein Mann. Sofort redete Angela auf ihn ein und dann gingen wir einige Schritte zusammen. Angela liess sich ohne weiteres von ihm einladen, und ich musste sie zum Rendezvous begleiten. Wieder redete sie auf diesen Mann namens Josef ein. Sie fragte ihn, ob er uns Malta zeige? Natürlich liess er sich darauf ein. Die Malteser sprechen ausser ihrer Landessprache ein gutes Englisch. Angela hatte etwas Mühe sich zu verständigen, da musste ich behilflich sein. Dank Josef durften wir Malta kennen lernen.

Aber Angela wollte noch mehr profitierten und fragte, ob er uns auf die kleine Insel Comino begleiten würde. Auch das lehnte Josef nicht ab und bezahlte sogar alles. Mir war es gar nicht recht. Angela hingegen schalt mich und meinte: «Er ist ein Mann und zahlt gerne für uns. Wenn du nichts annimmst, bist du dumm.»

Josef interessierte sich nun für Teneriffa. Angela bat ihn, uns zu besuchen. Dann aber sagte Josef: «Ich habe nicht soviel Geld für die Reise und ein Hotel.»

Angela brachte es fertig, ihm plausibel zu machen, dass ich mich in ihn verliebt hätte und verlangte sogar seine Adresse. So ein Blödsinn!

Darauf lud Angela ihn einfach zu uns ein. Ich konnte Angela nicht verstehen und war froh, bald wieder nach Hause zu fliegen.

Dieser Mann hatte alles ernst genommen und schrieb Angela, er komme dann in Teneriffa an. Nun kam Angela zu mir und sagte: «Lea ich bin noch nicht eingerichtet. Du hast ja genügend Platz. Josef kann schon bei dir übernachten.»

Was sollte ich tun? Dieser Mann tat mir leid. Also, im Endeffekt hatte Angela dies bereits so geplant und Josef hingehalten, indem er wirklich glaubte, ich wäre in ihn verliebt, aber zu scheu. Leider war ich einfach zu anständig. Nun klärte ich schliesslich diesen Mann auf, der dann enttäuscht wieder abreiste.

Gabriella bei mir

Wieder in Teneriffa läutete das Telefon. Bruno rief mich an und sagte: «Hoi, wir haben Probleme mit Gabriella, sie haut immer ab. Einmal wurde sie in Wien gefunden und einmal in Paris. Jetzt hat mich die Polizei angerufen, weil man sie in Kloten noch stoppen konnte. Ich weiss nicht mehr, was ich machen muss. Sie hat auch angefangen mit Drogen. Am besten, sie kommt ein halbes Jahr zu dir. Bist du einverstanden?»

Was sollte ich schon sagen? Klar konnte ich nicht nein sagen, schliesslich war sie meine Tochter. Aber Bruno hätte ich lieber mit den Problemen alleine gelassen. Dass Gabriella Drogen nahm, war für mich ein grosses Problem, besonders weil die Diskothek gegenüber meiner Wohnung nun eröffnet war und am Morgen sogar Spritzen auf der Strasse lagen.

Gabriella kam nun mit einer Flugbegleiterin nach Teneriffa. Ich versuchte alles, damit sie sich bei mir geborgen fühlte und zeigte ihr möglichst viel Liebe. Leider war es für mich eine grosse Aufgabe, die ich zwar gerne für meine Tochter übernahm, aber mit grosser Angst wegen der Drogen. Gabriella war apathisch und wollte nicht sprechen.

Ihr erzählte ich von meinem Engagement bei Kalinka, deshalb sei ich abends verpflichtet dort hinzugehen. Sie könne mich begleiten und gratis mitmachen. Auch hätte sie die Möglichkeit, andere Kurse zu besuchen. Zum Glück war Gabriella einverstanden und besuchte die Gymnastik-Gruppe. Die Lehrerin verstand Gabriella, und darum ging sie sogar dreimal wöchentlich am Morgen in den Kurs.

Weihnachten in der Schweiz

Da ich nach drei Monaten das Land wieder verlassen musste, reiste ich mit Gabriella zurück in die Schweiz. Damals war es viel billiger über England zu fliegen, darum buchte ich die Reise nach London. Leider kamen wir ziemlich spät dort an, dafür offerierte die Gesellschaft ein schönes Hotel in der Nähe von Heathrow. Also nutzte ich dieses Angebot, um dieses Hotel zu geniessen und erst am folgenden Nachmittag weiter in die Schweiz zu fliegen.

Von Teneriffa aus dauert der Flug vier Stunden. Nun mussten wir die Sitze wieder hochstellen zur Landung. Aber das Flugzeug schaukelte dermassen auf und ab und hin und her. Allen Leuten stand der Schrecken im Gesicht. Meine Tochter fühlte sich ganz wohl und genoss es einfach. Da plötzlich, kurz vor dem Aufsetzen, machte das Flugzeug einen sehr starken Schwenker nach rechts, so dass ich dachte, der Flügel kratze am Boden und ich wartete nur noch auf eine Explosion. In dem Moment erschrak auch Gabriella mit einem lauten «Oh». Der Pilot hatte mit sehr guter Reaktion das Flugzeug nochmals hochgezogen und so uns allen das Leben gerettet.

Gut angekommen im Hotel schauten wir uns um. Am andern Morgen gefiel Gabriella das romantische Schwimmbad und sie ging schwimmen. Bald war es Nachmittag, wo wir gemütlich weiter in die Schweiz reisten. Dort angekommen, wohnte Gabriella beim Vater, und ich dieses Jahr bei Gerda.

Stöckelschuhe bei der RAIDAG

Am Samstag reiste ich mit zwei sehr grossen Koffern wieder ins Engadin. Im Hotel Cresta Palace genoss ich das Eislaufen und Tanzen mit Gili, Brüederli und all meinen Freunden. Nur mit dem Direktor kam ich nicht zurecht.

Ich stand auf Kriegsfuss mit ihm. Er wollte uns das Parketttanzen verbieten. Unserer Präsidentin erzählte ich, was mir vor einem Jahr auf der Gemeinde gesagt wurde, dass für unseren Verein ein eigener Saal zu Verfügung gestellt werden müsste. Sie aber hatte nicht die Courage, dem Direktor die Stirne zu bieten. Vermutlich, weil sie volle drei Wochen gratis alleine in einer Suite leben durfte. Aber wir Mitglieder machten einen Aufstand, weil wir unsere Ferien mit Tanzen verbringen wollten. Zudem war das Hotel im Januarloch, gerade wegen unserer Gesellschaft, immer voll besetzt.

Weil nun der Direktor mich nicht mehr direkt beschuldigen durfte, musste er mich über die Präsidentin anschuldigen, darum hatte er ihr gesagt: «Frau Müller darf nicht mehr in Stöckelschuhen herumlaufen. Ich habe den Parkettboden neu versiegeln lassen und wegen ihren spitzigen Absätzen, ist der ganze Boden nun zerlöchert.»

Als mir die Präsidentin diese Neuigkeit überbrachte, erwiderte ich: «Das ist dicke Post! Unsere Tanzschuhe sind extra gemacht fürs Parkett. Es sind keine Strassenschuhe, deshalb müssen wir die Schuhe umziehen zum Tanzen. Aber die Mannequins, welche jährlich einen Abend im Hotel auftreten, die tragen aussergewöhnlich dünne, hohe Absätze. Jeweils müssen wir auf unser Tanzen verzichten wegen ihren Auftritten. Auch gibt es viele Gäste, die Stöckelschuhe tragen, die gleichzeitig auch Strassenschuhe sind und sicher nicht unbedingt in gutem Zustand, so wie die meinen.»

Sage und schreibe, am folgenden Tag musste ich sogar meine Schuhe vorführen, um meine Absätze prüfen zu lassen. Klar konnte man mir nun nichts mehr vorwerfen. Von nun an war der Direktor aber für mich nur noch ein kleiner Holzwurm.

Heimkehr nach Teneriffa

Für den Heimflug über London nach Teneriffa reservierte ich drei Nächte in London für Gabriella und mich. Die kleine Wohnung, nahe bei Alex Moores Studio, welche ich jeweils im Sommer mietete, bekamen wir für drei Nächte. So hatte ich Gelegenheit, Gabriella das Studio mit Umgebung und am folgenden Tag London zu zeigen.

Ich reiste mit meinem Pelzmantel, den ich kaufte als ich im College war. Nun, wegen der Grünen, wurden Leute, die einen Pelz trugen, mit Farbe bespritzt. Das war prekär, so gekleidet ins Zentrum London zu fahren. Also sagte ich zu Gabriella: «Ich hoffe, du genierst dich nicht mit mir, denn ich kehre einfach meinen Mantel und gehe nach London mit dem Futter nach aussen. Meine Cousine sagte mir damals, dass man in England nackt herumlaufen könnte, und die Leute würden nicht einmal schauen.»

Dies war immer noch so, als ich Gabriella Tower Bridge, St. Paul's Cathedral, Westminster Abbey und Piccadilly zeigte. Zum Aufwärmen besuchten wir Harrods, wo wir Parfüme ausprobierten, auch Tee und Kuchen genossen. Dann war es schon wieder Nacht geworden. Müde bestiegen wir die Bahn, um uns möglichst bald ins Bett zu legen. Am andern Tag verliessen wir London wieder und flogen zurück nach Teneriffa.

Gabriella zurück zum Vater

Nun blieb Gabriella noch bis Ostern bei mir in Teneriffa. Dann musste ich sie wieder zum Vater zurückreisen lassen. Ich brachte sie auf den Flughafen und winkte ihr noch lange nach. Sie aber machte sich nicht viel daraus, da sie ja nun wieder zu ihren Kameraden ging.

Nach gut zwei Monaten musste ich vernehmen, dass Gabriella in die Nervenklinik eingeliefert wurde. Das arme Kind, und ich durfte nichts unternehmen, weil ich ab der Scheidung kein Recht mehr für meine Kinder hatte. Aber als ich in der Schweiz war, meldete ich mich in der Klinik an für ein Vertrauensgespräch mit der Psychologin und konnte endlich meine Gabriella wieder sehen. Sie war einfach apathisch und sagte nichts. Es machte mich so traurig, aber ich konnte und durfte ja nichts unternehmen für meine Tochter.

Im Gespräch mit der Ärztin vernahm ich, dass Gabriella ins Zimmer eingesperrt wurde. Da bemerkte man, dass sie durchs Fenster davonlief. Der Vater hätte sie per Fahrrad eingeholt und zurückgehalten. In diesem Moment fing Gabriella sehr stark zu schreien an und hörte damit nicht mehr auf, so dass man sie einliefern musste.

Ich erzählte von der Schwangerschaft mit Gabriella, als ich so viel Angst hatte, und Atmungsschwierigkeiten. Auch dass ich öfters im ersten Stock am Fenster stand und mir das Leben nehmen wollte. Ich vermute, dies beeinflusste die Psyche von Gabriella. Doch die Ärztin verneinte es sehr bestimmt und sagte: «Nein, es ist ein ganz anderer Grund, aber es ist Arztgeheimnis.»

Traurig verliess ich nun die Klinik und grübelte nach dem Grund, was hinter dem Geheimnis sein könnte. Leider hatte ich wenig Gelegenheit meine Tochter zu besuchen.

Barbara, meine Freundin

Zurück in Teneriffa buchte John mit Barbara für jeden Samstagnachmittag eine Privatlektion. Regelmässig wurde ich danach zum Nachtessen eingeladen. Hie und da auch am Sonntagmorgen ins feudale Hotel Botanico zum Brunch.

Leider verreiste John immer wieder für drei Monate, in denen ich mich besonders um Barbara kümmerte. Jedes Wochenende unternahmen wir etwas. Sie war sehr jung und doch hatte ich das Gefühl, mit einer sehr erfahrenen Dame zusammen zu sein. Darum wurde sie meine beste Freundin.

Eines Tags erhielt ich von ihr einen Anruf, sie sei im Spital in Santa Cruz und werde operiert. Sie wollte auf keinen Fall, dass ich mir die Mühe mache ins Spital zu kommen, da sie ja eine Narkose bekomme und nicht ansprechbar wäre. Ich aber machte mich sofort auf den Weg zu ihr. Ihr Zimmer war leer, weil sie bereits im Operationssaal war. Endlich ging die Türe auf und Barbara wurde mit ihrem Bett hineingeschoben. Ein paar Minuten später wachte sie langsam auf. Ich war froh, schon einmal auf der Abteilung gearbeitet zu haben, darum wusste ich, was ich machen musste beim Aufwachen. Barbara wollte eigentlich nicht, dass ich sie bereits besuche, aber im Moment war sie doch sehr froh, eine Beziehungsperson bei sich zu haben.

Als es Nacht wurde, sagte die Schwester zu mir: «Das zweite Bett ist nicht besetzt, Sie dürfen ohne weiteres darin schlafen. Für Barbara wäre es zum Vorteil.»

Barbara bot mir sofort ihr Nachthemd an. Also blieb ich bei ihr bis am folgenden Abend, wo sie sich schon ziemlich erholt hatte. Danach ging ich jeden Morgen ins Spital mit einem Buch und einer Strickarbeit, damit ich mich beschäftigen konnte, während Barbara schlief. War sie wach, probierte ich möglichst nicht von der Krankheit zu sprechen, sondern eher, sie zum Lachen zu bringen.

Ihre Eltern, die in Stuttgart wohnten, fanden es nicht für nötig, ihre Tochter zu besuchen. Umso mehr hatte ich das Gefühl, Barbara ja nicht alleine zu lassen.

Nach 14 Tagen konnte sie zurück in ihre Wohnung. Ein Glück, dass John versuchte, auf diese Zeit wieder nach Teneriffa zu kommen, und er konnte sie sogar im Spital abholen.

Nachträglich musste Barbara zur Bestrahlung. Sie entschied sich, bei ihren Eltern zu wohnen und von dort aus ins Spital zu gehen.

Endlich kam Barbara wieder zurück nach Teneriffa und konnte wieder arbeiten. Da sie nun noch sensibler geworden war, bat sie ihren Chef, dass in ihrem Büro nicht geraucht werden solle. Leider gab es Arbeitskollegen, die sie deswegen lächerlich machten, wodurch sie sehr litt.

John ging jeweils mit uns sehr früh zum Essen, damit wir einen Tisch in einer geschützten Ecke hatten. Dann stellte er auf die Nebentische ein Rauchverbot auf. Das hatte er mit der Hotel-Direktion abgemacht.

Damals gab es überhaupt noch kein Rauchverbot, nur in der Bahn gab es Nichtraucher-Abteile.

Ferien in Brasilien

Wieder waren drei Monate vorbei. Nun machte ich zum ersten Mal Ferien in Südamerika. Mit Spanisch und Portugiesich konnte man sich gegenseitig verständigen. Das Hotel in San Salvador de Bahia stand an einer Zufahrtstrasse direkt am Meer. Nachdem ich meinen Koffer ausgepackt hatte, wollte ich die Umgebung anschauen. Als ich das Hotel verliess, sass ein Bettler auf der Treppe. Ihm wollte ich etwas geben, aber ich kannte das Geld nicht. Damals war die Währung noch Cruzeiros, und von denen hatte ich einen Bund Noten. Nun dachte ich, 100 Cruzeiros könnten zu wenig sein, also gab ich dem Bettler 1'000 Cruzeiros. Der schaute das Geld mit

grossen Augen an und dann mich, total verwundert. Das machte mich richtig stutzig.

Als ich nun wieder zurück im Hotel war, erzählte ich von dem Bettler und fragte, ob 1'000 Cruzeiros viel zu viel waren, weil er mich so erstaunt ansah. Nun fing ein grosses Gelächter an und dann antworteten sie: «Nein, nein zum Glück nicht, sonst würden morgen 100 Bettler auf unserer Treppe auf Sie warten. 1'000 Cruzeiros sind nicht mehr, als sechs Cent in Dollar. Das war gut so, und in Zukunft dürfen Sie keine Almosen mehr geben, denn das ist viel zu gefährlich.»

Trotzdem schämte ich mich und hatte Erbarmen mit diesem Mann.

Dann wurde ich weiter aufgeklärt, dass ich bei Dunkelheit nicht auf die Strasse gehen solle, man könnte mich umbringen. O.K., das war kein Problem für mich, ich ging einfach früh schlafen und dafür morgens um sechs Uhr im Meer schwimmen. Danach schmeckte das Frühstück noch besser mit so vielen süssen, saftigen, tropischen Früchten. Das Personal bestand hauptsächlich aus dunkelhäutigen Frauen, die sehr liebenswürdig und zuvorkommend waren. Ich fühlte mich wirklich wohl auf der anderen Seite der Welt, inmitten dieser weiss gekleideten und teilweise sehr rundlichen Frauen, so richtige «Mamis». Das Essen schmeckte mir besonders gut, aber für mich gab es immer zu viel.

Natürlich wollte ich das Land sehen und buchte diverse Ausflüge. Zum ersten Mal sah ich draussen im Landesinnern einen Reiter mit Cowboyhut, genau so wie im Film. Aber nun war es Wirklichkeit, und damit fühlte ich mich wie im Märchen.

Ein andermal ging es per Boot der Küste entlang, dann zu Fuss ein weites Stück durch den Regenwald, bis wir im Hippie-Dorf landeten. Stolz zeigten sie ihre selbstgebauten Hütten und auch, wie sie eine Ruine ausgebaut hatten. Dort auf der Terrasse sassen die Hippies auf den Bänken und teils auf dem abgrenzenden Geländer oder auch am Boden. Ein Mann spielte auf der Gitarre die schönsten südamerikanischen Rhythmen. Ich konnte nicht anders, als dazu zu tanzen. Sofort fragten sie, von woher ich komme. Ein hübsches Mädchen aus Belgien erzählte mir, warum sie hier sei und das Leben einfach geniessen wolle. Sie offerierte mir, hier zu bleiben und ich dürfe bei ihr wohnen. Auch wurde ich sofort von allen andern eingeladen und sie baten mich, weiter zu tanzen. Aber nicht nur das, sie riefen den hohen Chef herbei, dem ich gebührend vorgestellt wurde. Er war ein grossgewachsener junger Mann. Natürlich mit struppigem Haar und mit Schnauz und Bart. Er akzeptierte mich als Mitglied und lud mich ein, gratis mit ihnen zu wohnen. In der einen Hand hielt er eine Zigarre und in der anderen ein Glas mit braunem Alkohol. Er trank daraus und plötzlich reichte er mir das Glas, damit ich mit ihm Bruderschaft trinken solle. Natürlich ekelte es mich. Er hatte es sofort bemerkt und sagte: «Du brauchst keine Angst zu haben, ich bin nicht krank.»

Dann nahm ich mich zusammen und nippte davon, um nicht unhöflich zu sein. Der Alkohol desinfiziert ja, aber danach juckten mich meine Lippen vom Nikotin, das am

Glas klebte, und zwar noch lange danach. Trotzdem fühlte ich mich sehr geehrt von der ganzen Gesellschaft und auch sehr wohl mitten unter diesen Hippies, die ja absolut nicht zu meinem Stil gehören. Natürlich fühlte ich mich sicher, weil die Reisegesellschaft im Hintergrund war.

Langsam mussten wir uns verabschieden und marschierten weiter zum Strand. Das war ein ganz toller, weisser, langer Sandstrand, mit ganz klarem, blauem und warmem Wasser. Einfach alles war märchenhaft. Schliesslich ging's zum Strand-Restaurant, wo jeder auf eigene Rechnung bestellen konnte. Ich hatte Lust, Langusten in Sauce zu probieren. Für wenig Geld bekam ich eine ganze Suppenschüssel voll. Es war soo gut. Danach konnte ich nie mehr sowas Ähnliches finden.

Leider ging der schöne Tag zu Ende, und bald auch meine drei Ferienwochen. Voll von schönen Eindrücken von dem zauberhaften Südamerika reiste ich wieder nach Hause nach Teneriffa.

Marco beim Windsurfen

Jährlich kam Marco im Sommer für sechs Wochen zu mir in die Ferien. Bei genügend starkem Wind konnte er in El Médano windsurfen. Als meine Kinder in den siebziger Jahren noch klein waren, musste ich sie an einem Regentag beschäftigen. Gerade hatte ich die Windsurfprüfung bestanden. Nun zeigte ich ihnen anhand von einem Besen und einer Schnur, wie die Technik des Windsurfens funktioniert. Es machte den Kindern Spass und schnell kapierten sie es.

Danach waren die Kinder am Mittelmeer in den Ferien. Sie sahen einen Bub der Windsurfen probierte, dabei stän-

dig ins Wasser fiel. Gleich näherte sich Marco, um ihm zu zeigen wie's geht. Marco, der auch vom Segeln etwas verstand, stieg auf das Surfbrett und surfte davon ohne Probleme.

Nun hier in Teneriffa konnte er anhand von einem Buch studieren, wie man den Wasserstart machen muss. Nach kurzer Zeit beherrschte er dies so, dass die Wellen nicht genug gross sein konnten. Er sprang mit seinem Surfbrett bis zu 20 Meter weit und 5 Meter hoch und landete schön weich.

Öfters begleitete ich Marco und ging schwimmen. Aber ich nahm auch Fotoapparat und Filmkamera mit, um eventuell gute Schnappschüsse zu knipsen.

Da Marco seine Surfsachen dort in einem gemieteten Abteil lassen konnte, fuhr er öfters per Bus nach El Médano. Einmal kam er mit einem späteren Bus. Als ich ihn fragte, ob gegen Abend grössere Wellen waren, erwiderte er: «Nein ich bin beinah ersoffen. Der Mast-Fuss brach ab, und die starken Wellen drückten mich hinunter, bis ich keine Luft mehr hatte. Nur mit Mühe bin ich endlich ans Ufer gekommen.»

Gott sei Dank! Marco war zurückgekommen. Aber nun bat ich ihn, nie wieder zu weit hinaus zu surfen, was er sich meistens erlaubte.

Am folgenden Abend wartete ich wieder vergeblich auf Marco. Auch mit dem folgenden Bus kam er nicht. Vor Angst fing ich an zu zittern. Langsam wurde es dunkel. Ich hielt es nicht mehr aus, aber was konnte ich tun? Schliesslich nahm ich das Telefon und rief in El Médano an. Die antworteten: «Es gibt nichts Besonderes. Uns ist nichts aufgefallen. Ihr Sohn wird schon kommen.»

Aber Marco war noch nicht nach Hause gekommen, darum telefonierte ich an 112 und bat um eine Suchaktion. In diesem Moment ging die Tür auf und Marco kam herein. Damit war die Sache geklärt, und ich konnte mich dankend verabschieden und den Hörer auflegen.

«Aber Marco, was ist passiert? Ich habe Todesangst ausgestanden.»

«Ach Mami, du musst doch keine Angst haben, ich war nur einkaufen.»

«So etwas, ohne an mich zu denken und mich zu benachrichtigen. Besonders nach dem, was am vorherigen Tag passiert ist.»

Mit Angela in der Schweiz

Angela wollte wissen, wie meine Heimat aussieht, darum bat sie mich, ihr die Schweiz zu zeigen. Auch hoffte sie, einen hübschen, reichen Schweizer für sich zu gewinnen. Aber sie wollte möglichst kein Geld ausgeben. Also organisierte ich und fragte Gerda, ob es möglich wäre, dass meine Freundin Angela bei mir im kleinen Zimmer schlafen dürfe, oder ob ich ein Zimmer für sie suchen solle.

Als wir bei Gerda ankamen, zeigte sie uns das Zimmer und zitierte mich in die Stube. Dann schrie sie mich an: «Was fällt dir ein, deine Freundin mitzubringen? Ihr könnt für diese Zeit noch hier sein, aber dann kannst du gehen, für immer.»

Komisch, Gerda hatte mir erlaubt, dass Angela für ein paar Tage auch im Zimmer schlafen dürfe, und nun so? Aber im Grunde war ich froh, denn ich wollte ja nie zu Gerda gehen. Nach diesem blöden Gespräch konnte ich nicht gut schlafen.

Zum Glück gingen Angela und ich sowieso bald weiter auf die Reise.

Am nächsten Tag besuchten Angela und ich meine Mutti. Ihr berichtete ich, wie Gerda sich benommen hatte. Vermutlich war sie eifersüchtig. Vielleicht denkt sie, mich wie ein Besitztum zu halten. Ich konnte es nicht verstehen. Aber nun musste ich dringend einen Abstellplatz für meine Wintersachen suchen.

Mutti hatte bereits eine Lösung in Sicht. Der Keller von ihrer Nachbarin war unbenutzt. Die Frau hätte sicher nichts dagegen, noch ein paar Fränkli dafür zu bekommen.

Damals gab es für Ausländer bei der Bahn ein Ferien-Generalabonnement, das ich für Angela besorgte. Nun machten wir zwei eine Schweiz-Rundfahrt. Zusammen bereisten wir die ganze Schweiz per Bahn und Postauto.

Angela war begeistert vom Rheinfall. Enttäuscht, dass Bern so klein ist. Aber ganz besonders gefiel ihr Genf, mit dem Springbrunnen und dem See, welcher von den Bergen umarmt wird. Dann war sie beeindruckt von der schönen Reise von Brig durchs Centovalli, Domodossola bis zum Lago Maggiore mit der bezaubernden Isola Bella. Weiter ging's dem See entlang nach Locarno. Von dort nach Bellinzona und über den Monte Ceneri nach Lugano, wo wir länger verweilten und die Villa Thyssen mit den vielen interessanten Bildern anschauten. Per Postauto fuhren wir dann über Chiavenna nach St. Moritz. Per Bahn hinunter nach Chur und Buchs, wo wir nach Österreich umstiegen und in Feldkirch bei meiner Freundin im Hotel Alpenrose verweilten. Angela wollte ich das schmucke alte Städtchen zeigen und meine Freunde von der Eistanzgruppe vorstellen. Leider hoffte sie immer, einen reichen, hübschen Mann zu treffen und war sehr enttäuscht, weil sie sich die Männer hübscher vorgestellt hatte.

Walter erzählte ich, dass Angela gerne einen Mann in der Schweiz kennen lernen würde. Deswegen kam er extra von

Winterthur und holte uns in Rorschach ab, für einen Ausflug in die Innerschweiz. Eine schöne Reise über den Sattel nach Luzern. Er war sehr zuvorkommend und nahm sich alle Mühe, um Angela zufriedenzustellen. Doch sie machte den ganzen Tag nur einen Lätsch, ein beleidigtes Gesicht.

Nachdem wir uns von Walter verabschiedet hatten, sagte Angela: «Walter ist ja alt und kein schöner Mann, auch wenn er ein Reicher ist. Der gefällt mir nicht!»

Ich fühlte mich sehr traurig. Walter ist nur etwas älter als wir zwei und von Frauen sehr begehrt. Diese Undankbarkeit von Angela! Dazu auch noch die blöde Gerda.

Rahels Geschenk

Tante Leni verwöhnte gerne meine Kinder. Nun wollte Rahel sich erkenntlich zeigen und fragte sie: «Was soll ich dir aus Teneriffa mitbringen?»

Ihr Wunsch war ein Kaktus. Für Rahel kein Problem, einfach irgendwo einen Ableger zu pflücken.

Vor unserem Haus, am Strassenrand, blühten gerade die Kaktussträuche. Rahel hatte Gefallen an der Kaktusblüte «Königin der Nacht». Da konnten wir einfach ein paar Ableger holen.

Also warteten wir, bis es Nacht wurde. Dann machten wir uns auf die Pirsch. Wir nahmen eine grosse Tasche und etliche Zeitungen mit, um uns vor den Kaktusstacheln zu schützen. Einen Fotoapparat packte ich ein, um quasi als Fotografin Nachtaufnahmen zu knipsen.

Sobald die Strasse etwas leerer war, posierte Rahel vor den schönsten Kaktusblüten und ich knipste Fotos. Sie aber hatte Ableger erblickt, die sie ganz schnell, mit Hilfe von einem Bund Zeitung abbrechen

konnte und auf den Boden fallen liess. Danach konnten wir die Zeitungen mit Inhalt gemütlich auflesen und in die grosse Tasche stecken. Voller Freude gingen wir nach Hause. Die Kakteen zu stibitzen war ja ein richtiges Abenteuer!

Glücklich zu Hause angekommen mit unserer Errungenschaft, sagte Rahel lachend: «Der frommen Tante Leni dürfen wir aber nichts davon erzählen, dass wir die Kakteen stibitzt haben.»

Walter und der Professor

Walter kletterte gerne in den Bergen herum. Meinerseits schwamm ich lieber im Meer, trotzdem versprach ich Walter, ihn einmal pro Woche in die Berge zu begleiten. Er merkte, dass ich ihn immer auf Distanz hielt. Deshalb kam er auf den Gedanken, für mich einen Mann zu suchen. Eines Tages sagte er: «Jetzt habe ich den idealen Mann für dich gefunden. Er ist ein Professor. Oben im Berg besitzt er sogar ein Stück Land, und er bekommt eine gute Pension. Leider, als ich ihm sagte, du seiest eine Tänzerin, da war er nicht mehr begeistert. Das ist nämlich ein Mann, der nicht gerne hat, wenn andere Männer den Arm um seine Frau legen.»

Da lachte ich ihn aus und erklärte: «Lieber Walter, ich bin keine Tänzerin, sondern eine international hoch ausgebildete Tanzlehrerin, mit diversen professionellen Diplomen und Titeln. Wenn dieser Herr ein Macho ist, kann ich sowieso mit ihm nichts anfangen.»

Da war Walter aber schön beleidigt. Danach versuchte er, mich zu erniedrigen.

Walter lud seinen besten Freund, meinen Cousin, mit Frau ein, um bei ihm zu Hause Ferien zu machen. Mich holten sie ab, um in die Berge zu fahren. Danach ging's auf die andere Seite zum Mittagessen. Als wir nahe bei meinem Zuhause auf der Hauptstrasse fuhren, hielt Walter plötzlich an und rief: «Lea, hüpf hinaus.»

Verwundert stieg ich aus und war wütend. Wie kann man sich derartig benehmen. Zuerst heisst es, wir gehen essen, und dann, ohne irgendeinen Grund zu nennen, mich einfach rauszuschicken, obwohl wir mit meinen Verwandten zusammen waren. Aber von derartigem Benehmen hatte ich definitiv genug, und dieses Aussteigen war auch mein Aussteigen aus unserer Freundschaft.

Erst viel später bat Walter über meinen Sohn Marco, doch wieder Kontakt mit ihm aufzunehmen. Wegen Marco willigte ich ein, aber mit höchster Vorsicht.

Bei Mutti und RAIDAG

Im Januar reiste ich wieder in die Schweiz und zum Eistanzen ins Engadin. Weil ich nun meine Wintersachen im Keller von Muttis Nachbarin hatte, beharrte ich darauf, für diese kurze Zeit vor und nach der RAIDAG, bei ihr auf dem Sofa zu schlafen. Es war ja nur, um meine Koffer umzupacken. Auch wenn ich in der Schweiz bin, um meine Familie zu besuchen, möchte ich nicht im Hotel wohnen. Also willigte Mutti ein.

Jedes Jahr trafen wir uns RAIDAG-Mitglieder, wie eine grosse Familie. Dieses Jahr feierten wir das 40-jährige Jubiläum. Jeder bekam ein weisses Seiden-Halstuch mit einem aufgedruckten Eistanzpaar.

Zum Jubiläum übten wir für eine Formation auf dem Eis. Für den Auftritt bekamen wir Kleider für diese Volkstanz-Formation. Wir Damen bekamen die entsprechenden alten Unterröcke dazu.

Nun ging es los auf die Eistanzfläche. Aber während dem Tanzen rutschte mein Unterrock immer weiter hinunter, und ich probierte ständig diesen mit einer Hand hinaufzuziehen. Es war so peinlich und lästig, dabei vergass ich beinahe meine Schritte. Gili mein Eistanzpartner konnte vor lauter Lachen kaum noch richtig fahren. War ich froh, als der Tanz endlich zu Ende war.

Aber alle Zuschauer lachten auch, weil ich wie eine Komikfigur mitgetanzt hatte. Damit war die Show doch noch gut herausgekommen. Nur ich fühlte mich total daneben.

Immer nach dem Eislaufen gab ich Tanzlektionen. Zum Aufwärmen unterrichtete ich einen Line Dance. Begeistert tanzen alle mit, und somit versuchten die Leute ja nicht zu spät zu erscheinen.

Der argentinische Tango wurde immer populärer, darum hatte ich mich auf diesen Tanz gut vorbereitet. Aber die Basisschritte zu unterrichten ist eine trockene Angelegenheit, deshalb dachte ich mir einen Gag aus, damit die Leute mehr Spass bekommen. Klar war dies das Wichtigste für meine Schüler, und nur diesen Gag wollten sie üben. Aber zum Tanzen gehören vor allem die Tanzschritte dazu.

Barbaras zweite Operation

Noch kein Jahr war vergangen, als John mir telefonierte, dass er Barbara von Neuem ins Spital bringen musste. Er bat mich, anwesend zu sein, wenn Barbara aus der Narkose erwache. Sie wäre das letzte Mal so froh gewesen, dass ich präsent war, als sie nach der letzten Operation erwachte. Er selber müsse tagsüber arbeiten und könne jeweils am Abend ab sieben Uhr Barbara besuchen. So war ich immer tagsüber bei Barbara, bis John mich abends ablöste.

Wieder zuhause, musste Barbara zur Chemotherapie. Danach war es ihr fürchterlich übel, sodass sie mir sagte:

«Dies wünsche ich nicht einmal meinem ärgsten Feind.»

Sie tat mir so leid, aber zum Glück konnte sie noch tanzen. Doch dann entschied sie sich, zu ihren Eltern zu ziehen, weil sie nicht mehr arbeiten konnte. John begleitete sie und nahm seine Arbeit mit nach Stuttgart. Aber eine solche Reise per Auto wäre für Barbara viel zu anstrengend gewesen. John wollte sie auch nicht alleine fliegen lassen.

Mir machte es nichts aus, so weit alleine das Auto nach Stuttgart zu führen. Das war die Lösung, aber wenn schon, dann wollte ich die ganze Mittelmeerküste abfahren, und meine Freunde in San Remo und in der Schweiz im Tessin besuchen. Barbara und John hatten natürlich nichts dagegen, sie waren froh, dass ich diese Reise übernahm und das vollgepackte Auto bis Stuttgart führte.

Barbaras Auto

Nun war es soweit. Mai 1991 führte ich Barbaras Auto von Teneriffa per Fähre bis Cadiz, und von dort aus fuhr ich über Granada und der Südküste entlang nach Genua, Liechtenstein bis Stuttgart, wo Barbara und ihre Eltern wohnten. John bezahlte die Reise mit Übernachtungen, ausser meinen zusätzlichen persönlichen Aufenthalten.

Die Fähre von Teneriffa nach Cadiz brauchte 48 Stunden. Ein deutsches Ehepaar, das ich kennen lernte, hatte denselben Weg wie ich geplant. Da sie sich bereits auskannten und mir gleichzeitig Angst machten wegen des Ausraubens, bat ich darum, hinter ihnen her zu fahren. In Cadiz musste ich gut aufpassen, sie nicht zu verlieren. Bereits spät in der Nacht suchten wir in Marbella eine Unterkunft.

Am Morgen ging es weiter über Granada bis Calpe. Dieses Ehepaar war aber gar nicht so sympathisch. Ich wollte nämlich in Calpe schnell die Tanzschule von meiner Kollegin besuchen. Deswegen hatten wir uns verloren, aber unterdessen dachte ich, auch alleine zurechtzukommen. Natürlich konnte ich meine Kollegin nur schnell begrüssen, da ich ja noch einen weiten Weg vor mir hatte.

Nun genoss ich die Fahrt alleine auf der langen Strecke. Auf der Strasse vor Valencia erinnerte ich mich an den Parador, wo ich damals mit Bruno war. Weiter fuhr ich nach Tossa de Mar, das ich mir beim Durchfahren anschaute und mir eine Unterkunft suchte, auch um das Auto sicher zu parkieren. Es ging den Berg hinauf, wo ich das passende Hotel fand.

Am andern Morgen fuhr ich weiter nach Frankreich, wo ich bei einer Autobahnraststätte eine Verschnaufpause einschalten wollte; aber da waren einige kuriose Männer, die sich auf dem Parkplatz aufhielten. Denen traute ich nicht. Schnell schlich ich mich zur Toilette und fuhr weiter, aber ich fand nirgends etwas, wo ich das Auto hätte stehen lassen wollen, darum durchreiste ich ganz Frankreich, bis ich in San Remo ankam. Dort im Hotel war immer noch dieselbe Besitzerin, die mich mit Freude für drei Tage aufnahm. Nun konnte ich Dario mit seiner Familie besuchen wie auch die andern Freunde. Leider hatte ich nun, wegen meinem Spanisch, Schwierigkeiten italienisch zu sprechen. Natürlich musste ich nochmals das verschüttete Dörfchen Bussana Vecchia durchstöbern.

Autoreise bis Stuttgart

Dann fuhr ich weiter und nutzte die Gelegenheit, in Finale Ligure bei Vellanis einen Besuch abzustatten. Giancarlos Vater traf ich zufällig, als ich beim Dancing Boncardo parkierte. Er lud mich zu einem Drink ins Dancing ein und schickte den Kellner, schnell seine Frau zu holen. In dieser Zeit plauderte der Vater zum ersten Mal mit mir. Er war ja immer dagegen gewesen, dass Giancarlo sich mit einer Ausländerin eingelassen hatte. Nun fragte er mich: «Können Sie Giancarlo nicht vergessen?»

Ich war erstaunt und gab ihm zur Antwort: «Wie kann ich dies tun? Wissen Sie, als ich Giancarlo kennen gelernt habe, war ich nicht so voll begeistert, weil er nicht aussieht wie ein Märchenprinz, aber dann habe ich ihn kennen gelernt und in sein Herz gesehen, darum verliebte ich mich in Giancarlo. Wie kann man denn so etwas einfach vergessen?»

«Ja das stimmt, Giancarlo hat ein gutes Herz, auch hat er nie ein lautes Wort gesprochen, sondern wenn etwas war, sind wir in ein separates Zimmer gegangen und probierten mit Vernunft miteinander zu sprechen, um das Problem zu lösen. Aber Sie waren doch noch ein Kind.»

Ich lachte und sagte: «Ich war zwanzig und unsere Bekanntschaft dauerte bis ich siebenundzwanzig Jahre alt war.»

Herr Vellani war skeptisch und fragte nach meinem Jahrgang. Nun musste er feststellen, dass ich keine drei Jahre jünger war als Giancarlo. Dies gab ihm zu denken und er sagte: «Ja, das Alter hatten Sie tatsächlich, und Sie waren eine Bambina, aber Sie sind es ja immer noch.»

Das war ganz lieb gemeint. Giancarlo nannte mich auch immer mia Bambina.

Unterdessen war Frau Vellani gekommen, um mich zu begrüssen, aber sie hatte es eilig, weil sie für die Therapie gegen Rheuma verabredet war. Herr Vellani begleitete mich noch bis zum Auto. Dann fuhr ich weiter und war glücklich, dass Herr Vellani mich doch noch akzeptierte, aber es war zu spät für Giancarlo und mich.

Mein nächster Halt war in der Südschweiz, wo ich bei Johns Sekretärin herzlich empfangen wurde und sie darauf pochte, bei ihr zu übernachten. Am folgenden Tag fuhr ich weiter nach Bellinzona, um Frau Brenn zu begrüssen, und dann weiter über den San Bernardino, hinunter nach Chur und durch Liechtenstein bis Feldkirch. Dort übernachtete ich bei meiner Freundin im Hotel Alpenrose. Natürlich begrüsste ich noch meine anderen Eistanzfreunde. Schliesslich machte ich mich auf die letzte Etappe bis Stuttgart, wo ich bei Barbara übernachten durfte.

Im Haus ihrer Eltern konnte sie in einer kleinen Wohnung wohnen. Am andern Morgen wurde ich Barbaras Eltern vorgestellt. Dann holte John Barbara und mich zum Mittagessen, welches wir beim Fernsehturm einnahmen. Danach begleiteten sie mich zur Bahn, wo wir uns verabschiedeten und ich in die Schweiz reiste. Nochmals durfte ich bei Mutti wohnen.

Marcos Freunde

Zuhause in Teneriffa, kam Marco wieder für sechs Wochen zum Windsurfen. An einem Wochenende waren Marco und ich bei einer Familie mit zwei Söhnen und zwei Töchtern eingeladen. Bald merkte ich, dass sie gerne eine der beiden Töchter mit Marco verkuppeln wollten. Auch Schulkollegen waren eingeladen. Sie alle studierten an der Universität. Für Marco war es interessant, mit diesen Jugendlichen zu plaudern und sein Spanisch zu üben. Gegen Abend fuhren wir alle mit vier Autos nach Puerto de la Cruz.

Nach dem Bummel durch die Stadt und einem Drink im Café wollten wir uns auf den Heimweg machen. Für die jungen Leute war es zu früh. Also beschlossen wir, dass Marco von den Freunden nach Hause geführt werde, und die beiden Mädchen mussten um Mitternacht zuhause sein.

Ich, zu Hause, ging ins Bett, aber als Mutter horchte ich mit einem Ohr auf die Ankunft von meinem Sohn. Um Mitternacht war ich wach und schaute auf die Uhr, dann konnte ich nicht mehr schlafen, weil ich jeden Moment Marco erwartete der aber nicht kam. Ich wusste, dass die Mädchen sicher um Mitternacht daheim waren. Vielleicht offerierten sie den Freunden noch einen Kaffee. Aber nun zeigte die Uhr eins. Ich nickte ein, aber nach kurzer Zeit erwachte ich wieder und ging hinaus, um nachzusehen, ob Marco bereits im Bett sei. Nein, er war noch nicht zuhause. Danach konnte ich nicht mehr schlafen und fing an zu studieren. Es war schon zwei Uhr. Es könnte sein, so wie ich die Kanarier kenne, dass sie Marco beeindrucken möchten und Alkohol hinunterleeren. Das könnte gefährlich sein. Aber die Mädchen müssten sicher zuhause sein. Oder falls die Jungen zu viel tranken, könnte es sein, dass sie einen Unfall bauen. Nun hatte ich fürchterliche Angst und begann zu beten. Die Minuten wollten nicht vergehen. Kurz vor drei Uhr hörte ich etwas. Schnell sprang ich zur Tür und öffnete. Es war wirklich Marco. Ich fragte ihn: «Was ist passiert? Warum kommst du erst jetzt?»

«Mami, ich bin da. Mir ist nichts passiert. Geh jetzt schlafen, ich erzähle es dir am Morgen.»

Nun konnte ich wirklich schlafen.

Am Morgen bereitete ich das Frühstück, und während dem Essen erzählte mir Marco, warum es so spät geworden war.

«Der mit dem Auto trank viel zu viel Alkohol. Trotzdem hatte er das Gefühl, ohne Probleme das Auto fahren zu können. Oben bei der Autobahn fuhr er viel zu schnell. Wir warnten ihn abzubremsen vor der grossen Kurve. Er aber wollte es besser wissen und fuhr wie ein Wahnsinniger und damit in die Leitplanke. Das Auto verlor die Räder und war kaputt bis zum totalen Schrott, aber wir alle sind heil davongekommen. Die Polizei kam, und so wurde es spät. Aber die andern Freunde warteten mit ihrem Auto und brachten uns nach Hause.»

Also war es, wie ich vermutete. Sicher half mein Beten und rettete diesen jungen Leuten das Leben. «Gott sei Dank!»

Vincent in den Philippinen

Walters Frau, Vincent, konnte nur ein einziger Arzt helfen, Dr. Thenée. Sie spielte gerne die Kranke, darum verstanden alle Ärzte im Spital und überall, wo sie untersucht wurde, ihre «schwere Krankheit» nicht. Nur dieser sehr schlaue Fuchs, der sogenannte Naturarzt, nahm die Gelegenheit wahr. Vincent musste ihren Urin bringen, den füllte er in eine Spritze und verabreichte es in ihren Popo. Sie war überzeugt, dass dieser Arzt der einzige sei, der etwas verstand und ihr wirklich helfen konnte. Klar, er war ja ein hübsch aussehender Mann, und er führte schmeichelnde Reden.

Dr. Thenée stellte fest, dass Vincent einen Tumor hatte, und diesen könnte sie auf den Philippinen operieren lassen. Vincent war total begeistert, weil Dr. Thenée ihr versprach, sie zu begleiten und im selben Hotel zu logieren, damit sie nie alleine sei. Aber das ganze musste sie im Voraus bezahlen, was ein Vermögen kostete.

Walter war einverstanden und hoffte, dass Vincent nachher wieder arbeiten würde. Zudem war er auch froh, wieder einmal alleine zu sein, was für ihn wie Ferien war.

Als Vincent wieder zurückkam, war sie ziemlich dünner geworden und total erschöpft von den Strapazen. Der philippinische Arzt operierte alleine mit den Fingern und zog fünf Tumore aus Vinzents Körper heraus. Sie brachte diese Prozedur auf Video mit. Es war eine blutige Angelegenheit, ohne jegliche Narbe. Sicher drückte der Arzt nur eine Schweinsblase auf dem Bauch aus.

Vincent klagte nun: «Das Essen war scheusslich, und ich hatte immer Hunger. Dr. Thenée, dieses Luder, ging in ein anderes Hotel mit einer Philippinin und schlief sogar mit ihr. Statt dass er auf mich aufpasste, musste ich mit einer alten, blinden Frau das Zimmer teilen. All dies machte mich zehn Jahre älter.»

Trotzdem, es ging ihr besser, aber nur weil sie weniger Kilo nachschleppen musste.

Gabriella auf dem Bauernhof

Wieder flog ich in die Schweiz. Gabriella war nun auf einem Bauernhof. Sie konnte die Klinik nach einem halben Jahr verlassen. Zur Therapie war sie mit anderen behinderten Leuten zusammen. Leider befand sich dieser Bauernhof weit aussen auf dem Land, nicht weit entfernt von der französischen Grenze.

Klar besuchte ich meine Tochter dort. Gabriella zeigte mir zuerst ihr kleines Zimmer, ganz oben im Haus unterm Dach. Danach führte sie mich zum Kaninchenstall, dem Hühnerstall und zu den Pferden. Mich freute es ganz besonders, als sie mir ihr eigenes Pony zeigte. Nun sagte ich: «Es ist schön zu wissen, dass du einen guten Freund hast. Diesem Pferd kannst Du alles erzählen, und es wird dich verstehen.»

Dies beruhigte mich sehr. Dann führte Gabriella mich hinaus, wo die Erde total durchnässt und rutschig war. Für die Reise war ich natürlich elegant angezogen und nicht für diesen Dreck auf dem Bauernhof. Zu allem Unheil liess der Bauer, vermutlich extra, in diesem Moment die Schweine ins Freie. Die sprangen mir entgegen, um mich zu begrüssen. Angst hatte ich keine vor den Schweinen, aber vor den sich um mich drängenden, schmutzigen, stinkenden Liebkosungen.

Zum Abschluss durfte ich eine Zwischenmahlzeit zusammen mit allen Hausbewohnern einnehmen. Gabriella stellte mir drei Behinderte vor, mit denen sie sehr gut auskam. So konnte ich mich schliesslich beruhigt von meiner Tochter verabschieden und mich auf den fünfstündigen Rückweg begeben.

RAIDAG und Umzug

Es war wieder Januar, als ich zum Eistanzmeeting der RAIDAG verreiste. Wieder musste ich Mutti fragen, um bei ihr zu übernachten und die Koffer umzupacken. Als ich bei Mutti war, äusserte sie sich, ihre Nachbarin ziehe ins Altersheim. Das hiess, ich musste wieder einen neuen Platz für meine Winterkleider suchen. Also schon wieder Umzug.

Um ins Engadin zur RAIDAG zu reisen, packte ich wieder meine Koffer. Danach musste ich einen anderen Platz für meine Wintersachen haben.

Marco studierte in Winterthur und wohnte bei der Tante. Nun fragte Marco sie, ob es möglich wäre, dass ich die Wintersachen im Estrich deponieren und zeitweise auch bei ihr wohnen könnte. Obwohl diese Tante zur Familie Müller gehört, war sie einverstanden. Damit hatte ich wieder Glück, aber alle zwei Jahre einen anderen Platz zu suchen, hatte ich wirklich satt.

Bei der RAIDAG-Familie verlief alles wieder fröhlich und gemütlich. Nur einmal, als der Pianist Pause machte, setzte sich s'Brüederli ans Klavier und spielte ein super swingendes Tanzstück. Am folgenden Tag kam der Direktor zu mir und sagte: «Sagen Sie dem Dr. Tschokel, dass er sich nicht ans Klavier setzen darf.»

Ich war so entsetzt über diesen Blödsinn. S'Brüederli war ja nicht ein Kind, das einfach probierte, wie man Töne machen kann. Warum getraute sich dieser Direktor nicht, sich direkt an Dr. Tschokel zu wenden?

S'Brüederli kam nun schon zum zweiten Mal mit seiner Tanzpartnerin vom Wiener Tanz Club. Uns war sie gar nicht sympathisch und ihr Tanzen war eher hart, gar nicht tänzerisch.

Aber sie konnte natürlich das ganze Programm mit Brüederli abmarschieren, statt tanzen. Die Wienerinnen waren gar nicht glücklich mit ihr und erzählten mir, dass diese Frau es fertig gebracht hatte, ein Testament vom Brüederli schreiben zu lassen.

Auch ich war nicht begeistert und war natürlich weniger mit Brüederli zusammen. Aber ihm gönnte ich eine ständige Partnerin. Leider musste ich feststellen, dass er das Lachen eher verlernt hatte. Ansonsten waren es wieder zwei schöne RAIDAG-Wochen.

Autopapiere

Zuhause, nun 1992, machte ich für meine Autopapiere wieder die gleiche Prozedur durch wie im Jahre 1987. Danach bekam ich die grüne Karte bis 1997. Alle fünf Jahre konnte ich dies als Nichtresidente wiederholen. 1993 erhielt ich einen Brief, dass ich mein Auto zum Land hinausführen müsse. Sofort wehrte ich mich, ging zum Büro mit meinen Papieren und wollte gleichzeitig den folgenden Jahresbetrag bezahlen. Doch da sagte der Beamte: «Dies können Sie nicht ohne gültige Papiere.»

«Was? Ich habe doch alle Papiere in Ordnung bis 1997, und hier steht es auf der grünen Karte.»

«Ja, aber wir haben keine Papiere, und ohne diese können Sie ihr Auto nicht länger in Teneriffa behalten.»

«Wie bitte? Aber ich habe alle Doppel, welche sie kopieren können, wenn Sie ihre Originale verloren haben.»

«Nein, das geht nicht. Wenn wir keine Originale haben, können Sie ihr Auto nicht in Teneriffa behalten.»

«Ja, das kommt mir aber wirklich spanisch vor!»

Und so verliess ich wütend das Büro.

Nun musste ich einen Weg für mein Auto finden. Doch dann kam ein Brief mit dem Befehl, dass die letzte Frist für mein Auto im Oktober abgelaufen sei, und dann würden sie mein Auto beschlagnahmen.

Ich dachte, vielleicht meinen Ford Capri an José zu verschenken. Aber dann vernahm ich, dass ich in diesem Moment alle Verantwortung übernehmen müsste, was mit meinem Auto geschehen würde. Bei diesem verrückten José würde ich die blauen Wunder erleben.

Ein Auto mit ausländischer Nummer konnte man nur an einen Ausländer verkaufen. Dieser Ausländer aber musste im Besitz des spanischen Fahrausweises sein. Ja, da hatte ich doch Glück. Walter war mit einer Spanierin verheiratet und Lastwagenfahrer für längere Zeit. Nur, falls ich eine Busse bekäme, müsste er sie bezahlen. So dachte ich: «Ich bezahle Walter 1000 Franken für die Übernahme aller Autopapiere, hingegen werde ich für alle Kosten aufkommen. Walter wusste, dass er mir vertrauen konnte, und damit war er natürlich einverstanden. Bei einem Anwalt erledigten wir unsere Papiere mit dem fingierten Kauf. Ein Glück, die Versicherung für meinen Ford Capri lief nun über Walter als Zweitwagen, und damit bekam ich seinen Bonus.

Fürs Auto bekam ich nun eine grüne Übergangsnummer für 90 Tage. Leider musste ich nun meine Nummer in der Schweiz abgeben, was ich auch pflichtbewusst tat. Aber nun machte mir die Sankt Galler Polizei Probleme, wo ich diverse Auseinandersetzungen per Brief und mit Dokumenten tätigen musste, bis es mir zu dumm wurde; denn mein Auto lief nun auf Walters Namen.

In Teneriffa waren die 90 Tage beinahe abgelaufen. Walter machte sich auf die Beine und schimpfte mit den schlampigen Büroangestellten, die immer noch nicht im Stande waren, die weisse Nummer zu besorgen. Dies hat dann geholfen, und am letzten Tag klappte es doch noch. Endlich konnte ich aufatmen und die weisse Nummer montieren lassen. Von da an klappte alles mit meinem Auto.

Tanzkurse und Shows

Oft wurde ich von Leuten aufgehalten, die wissen wollten, von woher ich käme und warum ich in Teneriffa sei. Seit Spanien in die EU eintreten konnte, waren Schweizer unerwünscht. Meinerseits wollte ich mich aus diesem Grund nicht mehr Schweizerin nennen und sagte einfach ich sei Europäerin.

Erzählte ich, dass ich eine Tanzschule eröffnen möchte, aber nicht Ballett, sondern für Parketttanzen, sowie Rumba und Cha Cha Cha, so waren die Leute hoch begeistert und sagten: «Ja, Cha Cha Cha das kann ich gut.» Dabei steckten sie den Kopf nach vorne, marschierten Cha Cha Cha hin und Cha Cha Cha her, und schwenkten ihren Po und mit die den angewinkelten Armen. So wurde mir bewusst, dass sie nicht die geringste Ahnung hatten von einem Cha Cha Cha. Auch wenn ich einmal mit Einheimischen tanzte, marschierten sie einfach drauflos. Nur ein Herr, mit dem konnte ich Fox tanzen, der verriet mir, er hätte in Barcelona gewohnt, und dort tanze man so.

Die Direktorin der Ballettschule Kalinka organisierte für mich, ab Februar 1989, jedes Frühjahr und jeden Herbst, einen Tanzkurs für Anfänger und einen für Fortgeschrittene. Einige Schüler waren so begeistert und buchten jeden Kurs.

Walter aus Winterthur besuchte mich jedes Jahr und freute sich, mit mir eine Vorführung zu geben.

Ja, wir tanzten auch in einer Diskothek für eine Show. Im Fernsehen gab es sogar eine Übertragung.

Solange Walter im Land war, organisierte ich eine Tanz-Party in einem Restaurant, zu der jedermann eingeladen war. Walter und ich präsentierten einen Show-Tanz als Reklame. Für die Einheimischen war dies etwas ganz Neues und sie waren sehr begeistert.

Die Ballettschule Kalinka feierte jeweils zum Saisonschluss im Theater «Final del Curso». Wir von der Steptanzgruppe präsentierten auch eine Show. Mit meinen Leuten vom Tanzkurs übte ich einen Formations-Tanz. Zwar war das Vorbereiten bei den undisziplinierten Erwachsenen viel schwerer, aber der grosse Erfolg war der Dank dafür.

Vincent todkrank

Wieder war Vincent todkrank. Ich besuchte sie und Walter. Erwin, Walters Freund, verbrachte seine Ferien auf Teneriffa. Er telefonierte mir, um sich nach seinem Freund Walter und Frau zu erkundigen. Da es Vincent scheinbar sehr schlecht ginge, bat er mich, zu prüfen, ob er nachmittags um 17 Uhr bei ihnen vorbeischauen könne, um Vincent einen Krankenbesuch abzustatten. Falls es ihr unangenehm wäre, solle ich ihn benachrichtigen.

Walter, der Arme, konnte das Haus unmöglich verlassen. Wegen der vielen Pillen hatte Vincent Durchfall und konnte nicht alleine aufs WC. Deswegen freute sich Walter erst recht auf den Besuch von Erwin, der auch Vincent besuchen wollte. Natürlich war Vincent einverstanden, besonders weil sie Erwin gut mochte. Aber zu meinem Erstaunen ging Vincent sofort ins Badzimmer zum Duschen und Parfümieren, dann zog sie ein elegantes Pyjama an und kam ins Wohnzimmer. Ich fragte Vincent, ob es ihr nicht zu anstrengend sei, worauf sie stöhnend antwortete: «Ja schon, aber wenn Erwin kommt, darf er mich doch nicht im Bett sehen.»

Trotzdem hatte ich Bedenken, sie könnte sich überanstrengen, darum bot ich ihr meine Hilfe an. Aber sie verneinte alles. Dann, zu meinem grossen Erstaunen, setzte sie sich in den Sessel, hob ein Bein hoch über die Lehne und kontrollierte, wie sie sich möglichst sexy posieren könnte. Ich staunte nur noch und sagte zu Walter: «Hast du so etwas gesehen? Diese Frau hat uns wieder einmal hereingelegt. Schau, wie sie Erwin imponieren möchte. Dabei ist sie wieder völlig gesund.»

Tanzlehrerin in England

Im Herbst besuchte ich meine liebe Freundin in Stuttgart. Sie sah gut aus, man konnte ihr die schwere Krankheit nicht ansehen. Als ich mich verabschiedete, war sie sehr traurig und wäre so gerne mit mir nach Teneriffa gereist.

Dann im Dezember bekam ich von John einen Anruf, unsere liebe Freundin Barbara habe ihre Augen für immer zugetan. Sie starb mit ihren 41 Jahren.

Im Sommer wurde ich von John eingeladen, um im August zehn Tage lang in einem Hotel in England Privatunterricht zu geben. Andrea und John wollten täglich je eine Stunde Tanzunterricht. Natürlich war ich damit einverstanden.

Nach dem Kongress reiste ich direkt zu diesem Hotel, wo ich erwartet wurde. Das Hotel war ein Schloss, und stand zuäusserst auf einer Klippe. Es befand sich im äussersten Zipfel von Südengland, wo die Themse in den Kanal mündet. Als ich per Taxi ankam, wurde ich empfangen von John, seinem Sohn und seiner Sekretärin, wie auch von einem jungen Mann. Als ich mich nach Johns Tanzpartnerin Andrea erkundigte, stellte man mir den jungen Mann aus Italien als Andrea vor. Natürlich, in Italien ist Andrea männlich, sagte ich, und wir alle lachten. Damit war das Eis bereits gebrochen. Also bekam ich drei Männer für Privatunterricht. John war überzeugt, dass ich diejenige sei, die den Herrenschritt aufs Genaueste unterrichten könne. Dies war für mich eine tolle Herausforderung, der ich glücklicherweise bestens gewachsen war.

Die Sekretärin verriet mir, sie habe Andrea mitgenommen, weil er keinen Menschen ausser den Eltern und ihr akzeptiere. Hingegen hätte ich ihm gefallen und er sei bereit, von mir Lektionen zu bekommen. Mir machte es Freude, wie dieser junge Mann Fortschritte machte. Für ihn waren es nicht nur die Fortschritte beim Tanzen, sondern er konnte sich Tag für Tag besser von seinem Trauma lösen. Aus Dankbarkeit schenkte er mir einen goldigen Igelanhänger.

Ich wurde auch eingeladen zum englischen Sommer-Theater Glyndebourne, wo Macbeth aufgeführt wurde. Das war ein Highlight! Alle Leute kamen am Nachmittag in Gala und langen Kleidern daher, aber auch mit Camping-Tisch und Stühlen. Auf der Wiese assen sie ihr Picknick. Schade, dies hätte ich eigentlich fotografieren sollen. Wir aber waren angemeldet zum Dinner im schlossähnlichen Gebäude.

Die zehn Tage gingen für mich wie ein Traum vorbei, und ich musste mich von meinen Freunden und England verabschieden.

Reise mit Angela

Diesen Sommer reiste ich mit Angela nach Cuba. Sie buchte für uns zwei eine spezielle Reise. Sie wollte bei dieser Gelegenheit dort ihre Verwandten besuchen, dazu buchte sie den Rückflug für uns zwei eine Woche später. Wir hatten Glück, denn wir reisten mit wenigen Leuten. Wir waren acht Frauen, ein Reiseführer und ein Chauffeur dazu. Angela kaufte einen grossen Koffer, um möglichst viel Ware für die mittelosen Kubaner mitzunehmen. Wir beide sammelten auch bei Freunden Kleider, Kugelschreiber, Rasierklingen, Stricknadeln, Häkelnadeln, Scheren und alles, was man zum Nähen braucht. Zusammen hatten Angela und ich 90 kg Reisegepäck. Am Flughafen bat Angela die anderen Mitreisenden, ob sie etwas von unserem Gepäck durch den Check mitnehmen könnten, danach könnten wir es wieder übernehmen.

In Cuba nehmen die Zöllner leider sehr viel weg. Als wir unser Gepäck in Cuba in Empfang nahmen, ging Angela sofort zu einem Beamten und bezirzte ihn, bis er kam und uns half, unser Gepäck auf einen Karren zu heben. Er war sogar so behilflich, dass er uns bis auf die Strasse führte.

Nun sagte ich zu Angela: «Was ist mit dem Zoll?»

«Sei still, wir sind draussen. Schnell zum Bus.»

Als wir in Santiago de Cuba ankamen und uns im Hotel einquartierten, hörte ich Rumba-Musik. Schnell verliess ich das Zimmer und ging den Tönen nach. Auf der Terrasse spielte eine Band. Es war so romantisch und ich fing zu tanzen an. Sofort kam ein junger Mann daher und tanzte mit mir. Dann fragte er: «Wie lange leben Sie schon in Cuba?»

«Ich war noch nie in Cuba und bin soeben von Spanien angekommen.»

«Das kann nicht sein, denn Sie tanzen wie eine Kubanerin. Die Spanier können nicht tanzen.»

«Ich wohne nur in Spanien, bin aber Schweizerin, und die Tanzlehrerausbildung machte ich in England. Das ist der Grund, warum ich Rumba tanzen kann.»

Nun probierte dieser Mann viele verschiedene Figuren mit mir zu tanzen. Das war herrlich!

Am nächsten Morgen hatten wir einen Stadtausflug. Wir besuchten das Konzert der Tambores. Das war ein grosses Orchester von sehr arm gekleideten schwarzen Kubanern, aber die spielten wirklich herzergreifend. Alle waren begeistert. Angela, wie immer, hatte sofort Kontakt mit einem Mann. Ihm erzählte sie, dass ich ihre Freundin wäre und internationale Tanzlehrerin sei. Sofort fragte er begeistert, ob die Freundin mit ihm tanzen würde? Früher sei er der Tanzlehrer vom Casino gewesen. Darauf erwiderte Angela, ohne mich zu fragen, «natürlich tanzt meine Freundin mit Ihnen», und rief mich auf zum Tanzen. Ich hatte etwas Bedenken, vor allen Leuten eine Show zu tanzen. Aber dann tanzte dieser Mann tatsächlich alle Figuren, die ich in England gelernt hatte. Damit waren wir das Show-Paar.

Mit Angela in Cuba

Am Nachmittag fuhren wir nach Manzanilla. Am Abend liess Angela sich von zwei Einheimischen die Gegend zeigen. Ich tanzte lieber im Hotel. Als ich im Bett war und bereits eingeschlafen, kam Angela aufgeregt ins Zimmer, suchte nach etwas und sagte: «Ich muss zum Arzt. Nichts, nichts, ich erzähle es dir morgen.»

Am Morgen musste ich Crème auf ihren Rücken streichen, aber ich durfte nicht erfahren, warum sie schräg über den ganzen Rücken einen Schnitt hatte. An diesem Tag wurden wir von einem Boot abgeholt. Mit diesem Boot fuhren wir hinaus auf eine unbewohnte kleine Insel, Cayo Perla. Das Boot war beladen mit einem Grillofen, weil dort auf der Insel für uns das Mittagessen zubereitet wurde. Es war herrlich, im dunkelblauen Wasser zu schwimmen. Alleine schwamm ich rings um die Insel herum. Angela, mit ihrer Wunde, durfte nicht ins Wasser, auch nicht an die direkte Sonne. Auf dieser Insel konnte sie leider nur wenig Schatten finden.

Am andern Tag war der Ausflug in die Sierra Maestra, bis hinauf zu Fidel Castros Hütte. Dort hatte er sich während der Revolution verschanzt. Mit Ponys ritten wir im Flusstal den Berg hinauf. Oben angekommen, begrüssten uns zwei Musiker mit Cha Cha Cha. Hocherfreut nahm ich schnell einen Sprung vom Pferd um zu tanzen. Aber oha, im ersten Moment hatte ich O-Beine. Die Einheimischen waren sehr erstaunt, dass ich überhaupt und so gut Cha Cha Cha tanzen konnte. Hier oben war eine Pension, in der wir das Mittagessen bekamen. Obwohl Kubaner nur 200 g Fleisch pro Monat bekommen, gab es für uns sehr viel Fleisch, aber nicht viel anderes dazu.

Nachher ging es zu Fuss bis zu Castros Hütte hinauf, die wir besichtigen durften. Beim Hinuntersteigen kühlte ein Monsunregen ab. Wir kamen pudelnass wieder bei der Pension an, wo wir auch übernachteten. Die Koffer brachte ein Chauffeur per Militär-Camion. Nun freute ich mich auf eine warme Dusche und trockene Kleider. Aber leider kam kein Wasser heraus. Angela holte Hilfe. Eine Angestellte kam, aber sie musste einen Mann holen. Das war nicht so interessant. Nackt in der Dusche konnte ich nicht gut warten, und in die durchnässten Kleider schlüpfen konnte ich auch nicht. Also verkroch ich mich ungeduscht ins Bett, bis der Mann die Wasserleitung repariert hatte.

Zum Nachtessen gab es wieder viel Fleisch und sonst fast nichts. Ich freute mich umso mehr aufs Frühstück, wo ich lieber viel Milch mit wenig Kaffee, Butter und Konfitüre zu mir nahm, während die anderen hauptsächlich Kaffee tranken und eher Käse und Fleisch assen. Nun, am Morgen, riefen die Frauen mir zu: «Lea, heute gibt es nur Kaffee, Fleisch und Käse.»

«Macht nichts. Heisses Wasser gibt es sicher und ich gehe jetzt hinaus und melke eine Kuh.»

Ich nahm die Tasse und bat den Chauffeur, mir nochmals den Koffer aus dem Camion herauszugeben. Ich hatte zur Sicherheit ein Pack Milchpulver von Spanien mitgenommen. Als nun die anderen Frauen das Milchpulver sahen, wollten sie natürlich auch etwas davon in ihren Kaffee. Damit ich auch etwas zu essen bekam, durfte jemand im Wald Bananen für mich suchen. Ein Knabe brachte eine riesengrosse Schüssel vollgehäuft mit Bananen auf den Tisch. Das waren die geschmackvollsten Bananen, die ich je in meinem Leben gegessen habe.

Nach dem Frühstück ging's per Militär-Camion hinunter und bis zum äussersten Zipfel im Norden von Cuba nach Baracoa. Dort stiegen wir in einem alten Schloss ab. Zum Waschen hiess es: «In jedem Zimmer steht ein Eimer, um Wasser draussen im Schwimmbecken zu holen, damit ihr euch waschen könnt.»

Ja, das war wieder mal etwas anderes.

Am Abend spielte eine Band. Ich tanzte und Angela hatte wieder einen Mann gefunden, mit dem sie auf der Terrasse im strömenden Regen schmuste. Eine Frau vom Orchester machte mir Komplimente für meine Bluse und jammerte, sie könne sich nichts leisten. Natürlich wusste ich, wie schlecht es den Kubanern ging und tröstete sie: «Ich schaue mal im Koffer, ob ich eine Bluse für Sie habe.» Aber diese Frau war so frech, zog mich am Ärmel und sagte: «Nein, ich will diese Bluse!»

Auf diese Art hatte ich genug und verschenkte nichts.

Am folgenden Tag fuhren wir, bei Guantánamo vorbei, wieder zurück nach Santiago de Cuba.

Angelas Verwandte

Angela wollte ihre Verwandten besuchen und mietete für zwei Tage ein Auto, pro Tag für 200 $. Das war ein sehr teures und gefährliches Unternehmen, von dem wir aber keine Ahnung hatten. Die Strassen waren in einem unmöglichen Zustand, mit vielen tiefen Löchern. Wären wir in solches Loch hineingefahren, wären wir sicher ausgeraubt worden, und mittellos müssten wir per Camion zurück fahren, wenn nichts Schlimmeres passieren würde.

Wir begegneten Menschen auf der Strasse, die auf den nächsten Camion warteten, der eventuell noch jemanden aufnehmen konnte, oder wenigstens um sich ausserhalb des Camions anzuhängen. Ja, wir hörten, dass manchmal die Familien bis zu drei Tage am Strassenrand auf eine Mitnahme warteten. Sie verbrachten auch die Nacht am Strassenrand, trotz Regen warteten sie einfach. Für uns unvorstellbar.

Inmitten der Insel, in San Germán, besuchten wir ein älteres spanisches Ehepaar. Er war befreundet mit Fidel Castro bis nach der Revolution. Dann warnte er Castro vor seinem Vorhaben, und schon wurde er ausgeschlossen. Weil er ein langjähriger Freund war, verschonte ihn Castro soweit, aber mit der Bedingung, seine riesengrosse Möbelfabrik nie mehr zu betreten. Er dürfe in seinem Hause bleiben und den Garten für sich benutzen, aber davon keinem Menschen etwas geben, sonst würde er eingesperrt.

Die Fabrik vor seinem Haus sahen wir und wie verlassen diese war. Dieser arme Mann musste täglich machtlos zuschauen, wie sein Lebenswerk, welches er als 19-jähriger Auswanderer aufgebaut hatte, langsam zerfiel. Das Ehepaar jammerte: «Wir haben gar nichts mehr. Keine Seife, waschen müssen wir mit Sand. Das Elektrische funktioniert nicht mehr, wir haben nur Kerzen. Rasieren ist besonders schwierig ohne Seife und ohne Rasierklingen.»

In diesem Moment schoss ich auf und rief: «Ich muss schauen, ich vermute, etwas im Koffer zu finden.»

Nun konnte ich diesem noblen Herrn ein Schächtelchen Rasierklingen hinstrecken. Wie rührend. Wegen diesem kleinen Ding brach dieser Mann in Tränen aus.

Gerne hätten wir mehr getan für sie, aber die Kleider, welche wir für junge Leute bei uns hatten, passten nicht. Seife hatten wir leider keine, und die Kugelschreiber waren auch schon alle verschenkt.

Weiter fuhren wir, um eine Tankstelle zu suchen, die Benzin zu verkaufen hatte; denn die meisten konnten paradoxerweise kein Benzin verkaufen. Auch mussten wir unbedingt vor Einbruch der Dunkelheit eine Unterkunft finden. Wir hatten Glück. Endlich konnten wir etwas essen. Ein junges Pärchen sass an unserem Tisch. Welcher Zufall, sie waren auf der Hochzeitsreise und waren die Nachbarn von Angelas

Verwandten. Zum Dessert gab es immer Speiseeis. Da ich Probleme mit Eis habe, war ich wütend über mich, nicht vorher daran gedacht zu haben, etwas anderes zu verlangen. Die junge Braut war so entsetzt und sagte: «Was, Sie haben Speiseeis nicht gerne und wir Kubaner bekommen keins, nicht einmal mit $.»

Natürlich war ich froh, ihr das Eis zuzuschieben, was sie schliesslich als Hochzeitsgeschenk annahm. Alles bekamen nur die Ausländer, falls überhaupt etwas vorhanden war. Nun schauten die Kellner mich böse an, als wollten sie mich deswegen umbringen.

Am Morgen ging es weiter auf die Nordseite bis zum Meer hinunter nach Gibara, wo Angelas Verwandte wohnten. Da gab es ein freudiges Wiedersehen nach vielen Jahren. Die Cousine probierte gleich alle Kleider und war erstaunt über die schöne Unterwäsche.

Sie servierten uns, was mit ihrer Möglichkeit machbar war, ein Glas Wasser mit grüner Zitrone aus dem Garten. Angelas Cousin war Gemeinderat, aber verdiente nicht mehr pro Tag, als was Kubaner für einen Liter Milch bezahlten. Das kann man sich gar nicht vorstellen. Als wir wieder aufbrachen, fragten sie, ob der 17-jährige Sohn mitfahren dürfe, er bräuchte dringend Schuhe, und ob Angela diese für ihn kaufen könnte. Natürlich war sie einverstanden.

Während der Reise erzählte dieser Junge uns, was kaum zu glauben war: «Jetzt im Auto kann mir niemand zuhören, ausser ihr zwei. Euch vertraue ich, aber sonst kann man nicht reden über unseren erbärmlichen Zustand. Wenn der Nachbar lauscht, verrät er uns, und sofort werden wir eingesperrt und gefoltert, sogar wenn der Nachbar Lügen erzählt.

In Santiago de Cuba kaufte Angela die gewünschten Schuhe. Er konnte bei einem Verwandten übernachten. Am folgenden Tag machte er sich auf den langen Heimweg, wartete am

Wegesrand auf den nächsten Camion, mit der Erwartung, dass er ohne weiteres drei Tage am Strassenrand verbringen müsste, um vielleicht nur noch hinten, ausserhalb des Camions sich anhängend mitzufahren.

Als Angela später fragte, ob der Junge gut nach Hause gekommen sei, erzählten sie, dass, währendem der Junge am Strassenrand schlief, ihm die Schuhe gestohlen wurden. Schöne Geschichte!

La Habana und Angela

In La Habana wohnten wir in einem luxuriösen Hotel. Das Zimmer war wie ein grosser Salon mit zwei einzelnen Doppelbetten. Fürs Nachtessen hatten wir einen eigenen Raum für uns acht Frauen. Für den Reiseführer und den Chauffeur war auf der Terrasse gedeckt. Ein weissgekleidetes Orchester mit vier Mann und einer Sängerin musizierten für uns alleine. Ja, sogar ein weissgekleidetes Tanzpaar tanzte für uns.

Zum Schluss kam der junge Tänzer gerade auf mich zu und fragte: «Hat es Ihnen gefallen?»

«Ja und wie! Diese Figuren, die Ihr getanzt habt, kenne ich aus unseren internationalen Turniertänzen.»

Er nahm mich bei der Hand und bat das Orchester zu spielen. Dann probierte er diverse Figuren mit mir zu tanzen und fand es sehr lustig, wie ich so perfekt alles mittanzte. Daneben stand seine Tanzpartnerin, die in die Hände klatschte, dabei aufsprang und rief: «Was, das kann sie auch. Oh, und das auch. Sogar das kann sie tanzen.»

Danach umarmten mich beide mit grosser Freude. Ich war so glücklich und dankte den beiden für ihre schöne Show.

Nach dem Essen hatten wir freien Ausgang. Der Reiseführer bat uns, keine Taschen mitzunehmen und nur das Nötigste in die Kleidertaschen zu stecken, oder in einen Beutel unterm Kleid. Also zog ich ein einfaches Kleid mit Tasche an. Angela aber wollte elegant ausgehen. Zu meinem Schreck wollte sie die grosse Markentasche ausführen. Ich schalt sie, den Anleitungen des Reiseführers nicht zu folgen. Doch sie meinte ganz gelassen: «Ich kenne mich aus. Ich war ja schon einmal da und es ist überhaupt nicht gefährlich. Du musst einfach mit mir kommen. Und jetzt gehen wir los!»

Misstrauisch begleitete ich Angela in den Park, dann ins bekannte Floreita, aber da machte ich gleich einen Rückzieher, weil ich mich wie in einem Kühlschrank fühlte, und lieber auf der Strasse wartete bis Angela wieder herauskam. Unterdessen war es schon ziemlich spät, bis wir den Heimweg antraten. Ich steuerte auf den Hoteleingang zu, aber Angela wollte hinten durch, wo keine Beleuchtung war. Sie konnte mich schliesslich überreden, aber nur, weil ich grosse Bedenken hatte, sie alleine gehen zu lassen. Bereits nach einigen Schritten schrie Angela: «Meine Tasche!»

Vergeblich rannte sie dem Dunkelhäuter nach. Nun hatte Angela mich überzeugt, und ich ging so schnell ich konnte zum Hoteleingang, und Angela musste nun mir folgen.

Ich zitterte am ganzen Leib vor Schreck. Angela erzählte dem Reiseführer, was geschehen war, und dass sie alle Reisedokumente und die Kreditkarte in der Tasche hatte. Auch hatte sie keine Ahnung, wie sie ihre Kreditkarte stoppen könnte.

Ich glaubte, den Verstand verloren zu haben und sagte zu unserer Gruppe: «Ich habe solche Angst mit Angela alleine weiterzureisen. Denn wir beide haben den Flug eine Woche später gebucht und wohnen irgendwo ausserhalb von La Habana bei Familienangehörigen von Angela. Am liebsten würde ich mit euch zurückfliegen.»

Kaum gesagt, sagte der Reiseführer: «Lea, das ist bereits eingefädelt, du reist mit uns.»

Nun fiel mir ein Stein vom Herzen und ich konnte wieder atmen.

Santa Cruz

Hier in Santa Cruz fühle ich mich richtig zuhause. Ich wohne an einem schönen Ort am Rande der Stadtgrenze und trotzdem nahe dem Zentrum. Auch ganz nahe bei den Bergen und auch nahe am Meer. Von zuhause spaziere ich in 30 Minuten der Promenade entlang zum Stadtzentrum. Ganz in der Nähe ist die Bushaltstelle, von wo ich in alle Himmelsrichtungen fahren kann. Natürlich auch zur schönsten Playa, Las Teresitas, mit einem kilometerlangen Sandstrand. Die Sonne scheint fast immer, nur ganz selten regnet es, und das Meer bleibt bis nach Weihnachten warm, dann kühlt es ab auf 19° bis 18°, und anfangs Mai wird das Wasser langsam wieder wärmer.

Autos gab es nur wenige 1986 und noch keine Lichtsignale, die aber bald nach meiner Ankunft, peu-à-peu installiert wurden.

Walter machte mich aufmerksam. Auf der Autobahn von Santa Cruz gegen Norden begegnet man Geschwindigkeitstafeln von 100, 80, 60, und gleich nach der Anhöhe kommt ein Zebrastreifen für Fussgänger. So etwas ist äusserst gefährlich und verrückt. Das gibt es nur im fernen Süden. Erst drei Jahre später wurde endlich eine Überführung gebaut.

Die EU-Spanier konnten sich immer mehr leisten, vor allem auf Abzahlung. Damit steigerte sich die Autozulassung jährlich um 15 %. Auch war bald jeder mit dem Neusten vertraut und sogar moderner als in der Schweiz.

Als ich ankam, wohnten sogar noch Höhlenbewohner in der Peripherie von Santa Cruz, und nur ein paar Jahre später besass jeder bereits Kühlschrank, Fernseher, Waschmaschine, Auto, Mobil, Computer, und, und …

Tanz-Assistenten

Im Tanzkurs fiel mir ein Herr auf, der gerne den andern zeigte, was er gelernt hatte. Ihn und eine Dame fragte ich, ob sie Interesse hätten, Tanzassistent zu werden. Beide waren voll dabei. Ihnen erklärte ich: «Ich habe im Sinn, einen Tanz-Club zu gründen. So können die Leute regelmässig und das ganze Jahr zum Tanzen kommen. Finanziell ist es auch noch günstiger, wenn viele Mitglieder monatlich bezahlen. Ich werde jeweils nur drei Monate in Teneriffa verweilen. Wenn ich ausser Land bin, müsst ihr als Paar mit den Schülern üben, so dass ich, wenn ich zurückkomme, wieder Neues unterrichten kann. Deswegen werde ich euch jeweils gratis Instruktionen geben.»

Klar waren die beiden begeistert.

Marco bei der RAIDAG

Im Oktober bekam ich einen Anruf, s'Brüederli sei mit einem Taucher-Team ans Rote Meer verreist. Mit einer sehr grossen Unterwasserfilmkamera sprang s'Brüederli ins Wasser und war verschwunden. Alles Suchen war vergebens. Man fand nichts mehr, nicht einmal die sehr grosse Unterwasserfilmkamera. Das war sehr tragisch. Auch konnte man nicht Abschied nehmen, weil man ein Jahr warten musste, um seinen Tod zu akzeptieren.

Es war der 15. September 1992. «Gott segne ihn und gib ihm die ewige Ruhe!»

Mir fehlte s'Brüederli sehr in der RAIDAG. Auch für alle Mitglieder war es ein Schock.

Als RAIDAG-Mitglied durfte ich meinen Sohn mitbringen. Darum schenkte ich Marco zu seinen Diplomabschluss eine Ferienwoche mit mir zusammen im Engadin. Damit er salonfähig erscheinen konnte, schenkte Mutti ihm für die Gala-Abende die Bekleidung. Marco freute sich sehr, doch er sträubte sich, einen Anzug zu tragen. Weil er aber beim Gala-Abend dabei sein wollte, ging er schliesslich selber einkaufen.

Für die Begrüssung bei der RAIDAG machte ich mich schön und bat Marco, mich im Zimmer abzuholen. Es klopfte. Ich öffnete und Marco kam herein und sagte: «Mami, hast du ein Pochettli für meine Jackentasche?»

Marco sah wirklich sehr elegant aus und er fühlte sich auch dementsprechend. Ich war verwundert und machte ihm Komplimente, worauf er antwortete: «Im Ausverkauf suchte ich eine Kleidung. Im Laden war ein sehr nettes Mädchen, das mich bediente und mich nach neuster Mode beriet. Das leicht rosa Hemd mit leuchtendem Perldruck kaufte ich, wobei das Mädchen meinte, dazu passe für junge Herren besser eine bordeauxrote Fliege, statt einer Krawatte.»

Miteinander stolzierten wir nun zur Begrüssung. Ich stellte Marco den Deutschen vor. Eine Dame verstand nicht gut und fragte nach dem Namen: «Lea, wie heisst dein Freund?»

Von anderen bekam ich Komplimente, besonders von meiner Freundin, die sagte: «Gratuliere! Dein Sohn ist ein echter Bilderbuchmann.»

Marco gefiel das ganze Ambiente. Stolz führte er

mich zum Nachtessen. Klar wurde danach getanzt, was Marco nicht interessierte. Er war sowieso sehr müde und ging lieber schlafen.

Die Trainerin verliebte sich sofort in Marco, deshalb war Marco am Abend meistens mit den Trainern zusammen.

Gili, mein lieber Eistanzpartner, der sonst immer mit seiner Lebensgefährtin kam, erschien dieses Jahr mit drei Damen. Ich fragte ihn, wie er es anstelle auf dem Eis? Er lachte und sagte: «Ich weiss, es ist ein grosses Problem, vielleicht werde ich morgen noch nicht mit dir fahren, um die Damen nicht zu schockieren.»

«Du darfst beruhigt sein, denn für mich ist es kein Problem alleine zu tanzen, oder ich tanze als Mann.»

Am andern Morgen fragte Walter mich, ob er mit mir fahren dürfe. Um ihn abzuwimmeln sagte ich: «Schau, dort ist die Dame von gestern Abend. Sie läuft sehr gut. Du hast dich ihr beim Tanzen gewidmet, jetzt darf sie sich sicher dir auch etwas widmen.»

Glücklicherweise sagte sie zu. Ich ging nun zur Gruppe der einzelnen Damen. Aber da kam ein junger Amerikaner, der gerade das Aktivtanzen abgelegt hatte, riss neben mir einen Stopp und fragte: «My lady, may I be your partner?»

Ich war ganz verblüfft und fühlte mich natürlich sehr geehrt. Max, der gute junge Eistänzer, war nun mein Eistanzpartner. Aber die Technik wie Gili hatte er als Meisterschaftseistänzer trotzdem nicht. Dafür viel mehr Temperament.

Die RAIDAG-Wochen

S'Brüederli fehlte mir sehr, aber Max, der 36 Jahre jünger war als er, hatte trotzdem sehr viel Ähnliches wie s'Brüederli. Max konnte sich auch auf dem Parkett gut bewegen und tanzte gut Rock'n'Roll. Deshalb assistierte er beim Tanzunterricht und alle Leute waren sehr angetan von ihm.

Leider ging für Max und Marco die Sportwoche zu Ende, deswegen wollten Vivian und die beiden anderen Trainer Abschied in ihrem Zimmer feiern, auch mit mir zusammen, und auf ein Wiedersehen anstossen mit Marco und Max. Vivian forderte Marco auf, am folgenden Wochenende wiederzukommen. Er bräuchte kein Zimmer buchen, denn sie hätte ja ein Doppelzimmer, und Verpflegung würde sie und die anderen Trainer für ihn besorgen.

Das Gepäck von Max ging bei seiner Anreise verloren. Er musste neue Sachen kaufen. Einen Anzug für Gala-Abende konnte er ausleihen. Die Fluggesellschaft musste ihn nun entschädigen. Gerade im Moment, als wir zusammen sassen, erhielt er aus Amerika den Anruf wegen der Entschädigung. Weil es Max bei uns in der RAIDAG so gut gefiel, machte er einen Kompromiss und verlangte dafür eine Umbuchung für den folgenden Freitag. Nachdem Max aufgelegt hatte, fiel er mir um den Hals und sagte: «Die Umbuchung ist akzeptiert und jetzt hast du noch deinen Partner bis Freitag.»

Das war eine tolle Nachricht und wir alle freuten uns darüber.

Als ich mit Marco alleine war, sagte ich: «Komisch, ich kann gar nicht begreifen, dass Max, so ein junger Mann, so gerne mein Partner ist.»

Marco hingegen fand es super, er würde doch gut zu mir passen.

Marco hatte sich entschieden, am Wochenende wieder zu kommen und sagte: «Mami, bestelle ja kein Zimmer für mich. Die Ski kann ich hier lassen, denn am Freitag werde ich spät ankommen. Ich werde dich nur schnell begrüssen und dann bei Vivian schlafen. Vivian und die Freunde werden mir das Frühstück ins Zimmer bringen. Danach gehe ich Skilaufen.

Tatsächlich begrüsste mich Marco freitagnachts, und am Morgen ging er zum Skilaufen. Samstagabend kam Marco in mein Zimmer. Als ich zum Nachtessen ging, wollte er warten, bis ich zurückkehrte. Dann erzählte Marco: «Als du weg warst, klopfte jemand und ich kroch sofort unters Bett, aber das war so eng, dass ich den Rost etwas hochheben musste. Dann machten die Mädchen das Bett für die Nacht bereit und putzten nochmals das Badzimmer. Ich konnte kaum atmen und hatte Hustenreiz, ich bin fast kaputt gegangen.»

Wir waren eine ganze Gruppe, die von Marco wussten, und wir alle fanden es sehr aufregend, einem «schwarzen» Gast zu helfen. Alles ging gut vorüber und Marco verabschiedete sich am Sonntagabend, weil er am Montagmorgen um fünf Uhr mit dem Zug wegfahren musste.

Im tiefen Schlaf hörte ich ein Klopfen an der Tür und «Mami, mach auf». Erschrocken öffnete ich die Tür. Marco stürmte ganz aufgeregt herein und sagte: «Die Türe vom Ski-Raum nach hinten hinaus ist verschlossen, ich kann nicht hinaus.»

Er ging zum Fenster, öffnete es, um hinauszuspringen. Entsetzt flüsterte ich: «Aber Marco, du kannst doch hier nicht hinaus. Das ist doch viel zu hoch vom ersten Stock hinunter. Du könntest dir ja ein Bein brechen.»

Er nahm keine Rücksicht, schmiss die Tasche und sprang hinterher. «Gott sei Dank!» Er konnte sich aus dem aufgeschaufelten Schnee herausbuddeln und durch den tiefen Schnee hindurchzwängen, währendem der Zug bereits anrollte. Er musste all seine Kräfte zusammennehmen, um die 300 Meter zum Bahnhof zu überwinden, damit er noch auf diesen Zug aufsteigen konnte. Schlussendlich hat es geklappt, und ich konnte endlich nochmals einschlafen.

Walter, der Reiseführer

Kam Besuch aus der Schweiz, unternahmen Walter und ich einige Ausflüge mit ihnen. Walter genoss es, sich als Reiseführer auszugeben und führte uns an alle sehenswerten und abgelegenen Orte. Er erzählte sehr interessante Dinge von der Insel und so. Die Freunde waren immer voll begeistert und genossen die Ferien auf Teneriffa. Auch ich genoss es, die Neuigkeiten zu erfahren. Walter kannte einige Spezialitäten-Restaurants, vor allem, wo man frische, gute Fische essen konnte. In einem kleinen Ort im Norden, direkt am Meer, gab es im Öl gebackene Fische, die sehr knusperig waren. Walter erklärte uns: «Hier gibt es wirklich nur ganz frische Fische. Wenn das Meer zu stürmisch ist, gehen die Fischer nicht hinaus, und dann gibt es ausnahmsweise keine Fische. Darum bestelle ich immer vorher die Fische und einen Tisch für uns.»

Mit meinen Kindern fuhr ich darum auch dorthin, wo wir zuerst im dunkelblauen Meer schwimmen konnten. Dann ging's mit grossem Appetit zum ölgebackenem Fischessen. Leider bemerkte ich, dass mir immer nach dieser Art Fischessen komisch wurde. Nun wurde ich stutzig, was Walter erzählt hatte. Sicher wird das, was er so überzeugend erklären konnte, nicht stimmen. Also fragte ich im Restaurant, ob am Morgen genügend Fische gefangen wurden. Darauf antwortete diese Frau: «Nein, die Fische, die wir verwenden, kommen alle aus Chile.»

Nun war mir klar, warum mein Körper so auf diese Fische reagierte. Von nun an vermied ich den Besuch in diesem Restaurant.

Aber ich merkte auch, wie Walter es verstand, Sachen zu erzählen, die er erfunden hatte. Natürlich war es immer interessant und amüsant mit seinen «Neuigkeiten».

Ich persönlich möchte aber lieber Tatsachen. Hingegen ist Walter nicht der einzige, der sich sehr beliebt macht mit den grössten Lügengeschichten, das ist sogar bei viel wichtigeren Leuten der Fall. Auch unausgebildete «Tanzlehrer», die sich zwar gut bewegen können, haben grossen Erfolg mit ihrem arroganten Auftritt. Wenn ich danach den Leuten einen korrekten Bewegungsablauf erklären will, glauben sie immer noch, was sie zuerst gehört hatten. Nur Leute, die denken, sind mir dankbar, wenn sie eine vernünftige Erklärung bekommen die logisch zu verstehen ist. Ja, wenn ich ehemalige Schüler treffe, sagt mir jeder: «Lea, was wir bei dir gelernt haben, kann ich jetzt noch. Nur alles andere habe ich vergessen.»

Klar, umsonst habe ich ja nicht soviel Geld ausgegeben, um zehn Jahre lang in England zu studieren, um meinen Titel zu erwerben.

Wohnung in London 1993

Wie jedes Jahr im Sommer reiste ich nach England, um am Tanzlehrer-Kongress teilzunehmen. Meine Freunde vom Fred Astaire Studio waren bereits vorher da. Die kleine Wohnung, welche ich jeweils mietete, war nun von ihnen besetzt, und die noch kleinere war auch vergeben an Cris von Neuseeland. Da ich sonst keine Unterkunft fand, fragte ich Linda und Jerry, ob ich für eine Woche mit ihnen die Wohnung teilen dürfte. Es wurde etwas eng, aber mit Freunden zusammen ging es doch.

An einem frühen Morgen pochte jemand heftig an die Tür. Es war der Hausbesitzer, der rief: «Lea, Telefon für dich.»

Schnell sprang ich aus dem Bett und die Treppe hinauf ans Telefon. Es war mein Sohn Marco der fragte: «Mami, wo in England bist du? Ich möchte dich besuchen. Gestern bin ich noch bis zum Kanal gefahren und dann mit der Fähre hinüber nach England gekommen. Wie fahre ich jetzt am besten weiter, um dich aufzusuchen? Ich kenne mich in England nicht aus.»

«Ich habe auch keine Ahnung, aber ich frage den Hausbesitzer Jim, er kann es dir erklären.»

Da antwortete Jim: «Es ist nicht so weit. Die Strecke dauert etwa eine halbe Stunde.»

Als ich dies hörte, rannte ich schnell hinunter zum Lüften, um ins Bad zu gehen und für uns alle vier das Frühstück zuzubereiten. Natürlich erwachten Linda und Jerry, die durch diesen Lärm aus den Federn gejagt wurden.

Zuerst öffnete ich schnell das Fenster. Oh, was sah ich! Marco parkierte gerade sein Motorrad, obwohl er doch gerade mit Jim telefoniert hatte. Ich traute meinen Augen nicht, er war doch soeben noch am Meer, von woher er telefoniert hatte. Als er mich begrüsste, erklärte er: «Ich fuhr bereits ein Stück und suchte eine Telefonkabine. Als ich aus der Kabine trat, sah ich auf der anderen Strassenseite Post Surbiton, damit wusste ich, dass ich bereits in diesem Londoner Viertel angekommen war. Nur wenige Meter von dir entfernt. So bin ich jetzt da!» Das war eine aufregende Überraschung.

Es war ja so schön, dass mein Sohn wissen wollte, wie es mir ging. Auch dass er das weltweit wichtigste Tanz-Studio sehen wollte. Aber speziell im Sinn hatte er, ein Mädchen zu überraschen. «Ach sooo!»

Nun hatte Marco Hunger. Zum Glück war genügend Essen vorhanden. Nach dem Frühstück fuhr Marco weiter in den Norden.

Marco auf Besuch

Nach zwei Tagen kam Marco abends um 23 Uhr total erschöpft an, er hatte keine Unterkunft gefunden auf dem Rückweg und bat mich, bei mir schlafen zu dürfen. Leider war ich ja schon zuviel, worauf er mich so dringend bat, ihn nicht wegzuschicken. Leider musste ich ihm sagen: «Ich bemühe mich und werde irgendeine Unterkunft für dich finden.»

«Mami, ich kann keinen Schritt mehr machen, ich bin so müde. Bitte, bitte schicke mich nicht fort, ich nehme die Kissen vom Sofa und lege mich in der Küche auf den Boden.»

Es drehte mir das Herz um, weil ich keine Kompetenz hatte, ihn bei mir zu lassen. Ich ging zu Linda und Jerry, um Rat zu holen. Sie probierten mit Marco zu sprechen, aber der lag schon wie tot mit den Kissen auf dem Küchenboden. Linda und Jerry waren entsetzt, das dürfe man nicht, wir rufen den Hausherrn. Das Ehepaar kam und wollte mit Marco sprechen. Als sie sahen, dass er regungslos dalag, erlaubten sie, für diese Nacht Marco schlafen zu lassen.

«Gott sei Dank!» Dieser Junge hätte vor Erschöpfung das Motorrad unmöglich halten können. Am anderen Morgen frühstückten wir vier zusammen. Marco verabschiedete sich dankbar bei Linda und Jerry. Mich wollte Marco noch im Studio treffen. Er wollte nicht versäumen, das weltweit wichtigste Tanzstudio zu sehen. Dort verabschiedete er sich und rief mir zu: «Mami, ich werde jetzt Frankreich durchreisen, dann Spanien. Dort nehme ich die Fähre nach Teneriffa. Auf Wiedersehen in Santa Cruz. Ciao!»

Marco mit Motorrad

Als ich wieder zurück in Teneriffa war, telefonierte Marco, wann und um welche Zeit er per Fähre ankomme. Vom Balkon aus konnte ich sehen, wie die Fähre hereinkam. Nicht lange darauf stand Marco mit seinem Motorrad vor der Tür. Dank dem Herrgott! Alles gut gelaufen, Marco war heil angekommen.

Marco profitierte hier in Teneriffa vom Windsurfen. Wenn genügend Wind wehte, fuhr er jeden Tag in den Süden, wo jährlich der Welt-Cup stattfindet.

Damit mich Marco mit dem Motorrad ausführen konnte, kaufte ich einen Helm. An einem windfreien Tag fuhren wir los, auf der Autobahn den Berg hinauf, dann an der Nordseite entlang gegen Westen. Der blaue Himmel war klar, so dass wir den 3718 m hohen Berg Teide, welcher gerne einen Wolkenkragen trägt, nun in voller Grösse sehen konnten. Wir machten einen Fotohalt. Marco fragte, ob ich Angst gehabt hätte.

«Nein, nur wenn du 120 km/h schnell fährst, flattert der Wind so richtig an meinen Kopf.»

Marco lachte und sagte: «Du bist gut. Ich bin 180 km/h schnell gefahren.»

Das war ja verboten, aber Marco kommen immer so verrückte Sachen in den Sinn. Weiter haben wir den Tag genossen. Wir fuhren an die Westküste und dann Richtung Teide wieder nach Hause.

Bevor Marco den Heimweg antrat, brachte er das Motorrad zur Revision. Er musste es für zwei Tage dort lassen. Am Tag vor seiner Abreise chauffierte ich Marco zum Geschäft, welches sich ausserhalb der Stadt und ziemlich weit weg befand. Marco kam ein paar Stunden später wütend zurück und schimpfte: «Das Motorrad brauchte eine neue Kette. Der Monteur, diese Niete, konnte die Kette nicht einmal richtig montieren, sondern ich musste ihm zeigen, wie er es machen muss. Bei der Abrechnung verlangte dieser Gauner noch die zusätzlichen Stunden, für die ich ihn unterrichtete. Das Motorrad wollte er nicht herausgeben, ohne dass ich den Überpreis bezahle. So ein Gauner!»

Nach dieser Geschichte konnte Marco nicht schlafen. Er hatte sich über diese Ungerechtigkeit so aufgeregt. Nun wollte er nicht abreisen, ohne diesem Problem gerecht zu werden. Den ganzen Morgen hatte er noch Zeit, weil er erst gegen Abend abreiste. So bat er mich, mit ihm dort hinauf zu fahren und startbereit auf dem Parkplatz auf ihn zu warten. Ich konnte Marco gut verstehen, darum führte ich ihn nochmals zum Geschäft.

Es ging lange bis Marco kam. Aber von einer ganz anderen Seite, so dass ich ihn nicht sehn konnte. Er kroch ins Auto und schloss die Tür, aber er kauerte sich nieder und sagte: «Mami, schnell, und in die andere Richtung. Die kommen hinter mir her.»

So fuhr ich über Umwege nach Hause, während Marco mir erzählte: «Ich verlangte Kerzen. Für den Überpreis wollte ich mit dem Mechaniker einen fairen Handel abschliessen. Der willigte aber nicht ein und wollte mir die Polizei aufhetzen. Als er ans Telefon ging, nahm ich die Kerzen und lief so schnell ich konnte davon. Der Mechaniker aber stieg auf sein Motorrad und fuhr mir nach. Ich, als guter Sportler, lief zwischen den engzusammengebauten Häusern davon, wo der Mechaniker mit seinem Motorrad nicht durch konnte. So kam ich schliesslich aus der Gegenrichtung zum Auto.»

Wir waren uns einig, dass Selbsthilfe nicht nach Gesetz ist, aber Marco konnte nun wieder schlafen. Zudem verliess er sowieso ein paar Stunden später das Land.

Meine Mutti

Im Herbst bekam ich einen Anruf von Bruno: «Herr Strässle und ich haben Mutti ins Altersheim gebracht. Du musst jetzt in die Schweiz kommen und die Wohnung leeren.»

Das war allerhand. Mutti fühlte sich nicht mehr sicher in ihrer Wohnung, weil sie dachte, jemand wäre in ihre Wohnung hereingekommen und hätte ihr die Sachen weggenommen, die sie versteckt hatte. Oder war es vielleicht Strässle? Darum wollte Mutti ins Altersheim. Als ich in der

Schweiz war, führte ich Mutti von einem Altersheim zum andern, damit sie auslesen konnte, wo es ihr am ehesten gefallen würde. Das Altersheim Rorschach gefiel ihr, weil man auf den See hinunter schauen konnte. Auch offerierten sie Mutti, für zwei Wochen in die Ferien zu kommen, um sich ein besseres Bild zu machen. Wir beide waren damit einverstanden, und Mutti meldete sich für zwei Wochen Ferien an.

Aber von Strässle war ich nie begeistert. Bereits beim ersten Treffen sagte er: «Ihre Mutter ist nicht hier, damit Sie billige Ferien machen können. Das ist nun zu Ende. Ich bin jetzt Ihrer Mutter ihr Vormund.»

So eine Unverschämtheit! Ich beklagte mich bei Mutti über diesen Mann. Mutti aber erklärte mir, dass er ein guter Freund von Papa war. Schon auf der Bank hätte er Papa gut beraten. Daraufhin musste ich Mutti aufklären: «Mutti, damals war ein anderer Bankchef, und Papa hatte nie etwas zu tun gehabt mit diesem Mann. Der lügt!»

Mutti war leider empört über meine Äusserung und war voll überzeugt von diesem guten Mann. Aber ich war ja die Böse, und sie beschimpfte mich einfach.

Dann aber hatte Mutti kein Geld mehr und sagte: «Herr Strässle ist in den Ferien, und ich bekomme kein Geld mehr von der Bank.»

Sofort marschierte ich auf die Bank, um für Mutti ihr Geld zu holen. Gleichzeitig erkundigte ich mich, warum sie Mutti, die sie so gut kannten, kein Geld herausgeben. Darauf bekam ich die Antwort, dass nur Herr Strässle das Geld für Mutti abholen dürfe. Nun war ich leider machtlos, weil Strässle nun der Vormund von Mutti war.

Strässle hatte über den Kopf meiner Mutti sie einfach ins Altersheim verfrachtet. Solch eine Frechheit!

Als ich in Muttis Wohnzimmer im Altersheim eintrat, war ich höchst schockiert. Mit Mutti hatte ich bereits einen Plan aufgestellt, wie sie sich im Altersheim einrichten wollte. Für sie war ganz klar, das alte Ehebett komme nicht mit. Sie kaufe eine Bettcouch, so dass sie tagsüber ein Stübchen habe, um auch Gäste zu empfangen. Dementsprechend planten wir bereits alles, was sie mitnehmen wollte und konnte.

Aber ich musste in Muttis Wohnung feststellen, dass genau das, was sie mitnehmen wollte, in der Wohnung stand. Am folgenden Tag besuchte ich Mutti im Altersheim. Sie war eigentlich zufrieden und machte sich nicht grosse Gedanken über den alten Krempel, weil Strässle es so bestimmt hatte.

Ich war so empört und ging zum Vormundsamt. Dort vernahm ich, dass Mutti unterschriftberechtigt sei, und Herr Strässle sei nur ihr Beistand, nicht Vormund. Ich dürfe ohne weiteres ummöblieren. Mutti müsse einfach ihre Unterschrift dafür geben.

Glücklich besuchte ich Mutti und erzählte ihr die Neuigkeit. Aber Mutti enttäuschte mich so sehr, weil sie sagte: «Nein, nein, Herr Strässle hat es so gewollt, und so bleibt es.»

Die beiden abgenutzten Polsterstühle aus dem Schlafzimmer konnte ich nicht ansehen. Ich ging in die Stadt, kaufte Stoff, und überzog die beiden Stühle. Zuerst war Mutti dagegen, aber am Ende gefielen ihr die Stühle nun doch besser.

Muttis Wohnung

Zu allem Übel musste ich Muttis Wohnung räumen. Ich wusste, dass sie überall Geld versteckt hatte. Sie machte lauter Päckchen mit Zeitungen, auch um Geld einzupacken. Sie versteckte es unterm Bett wie auch im grossen Kleiderkasten, der davon vollgestopft war. Tag und Nacht war ich dabei, alles auseinanderzunehmen und aufs Beste zu kontrollieren. Sage und schreibe fand ich 9000 Franken, die ich nun auf mein Konto brachte.

Strässle, als ehemaliger Bankdirektor, bekam später sogar Wind davon und telefonierte mir nach Teneriffa, um mich zu beschimpfen: «Sie haben Geld aus Ihrer Mutters Wohnung auf Ihr Konto einbezahlt und sich damit strafbar gemacht. Sie werden eine Vorladung bekommen.»

Hingegen passierte gar nichts deswegen. Zum Glück!

Zu meiner Überraschung fand ich eine Mappe, worin das Testament von Muttis Mutter aufbewahrt war. Nun musste ich feststellen, dass mich Mutti die ganze Zeit angelogen hatte. Meine Grossmutter lebte bis Mai 1949. Sie war fünf Jahre mit ihren Möbeln in einem Privatzimmer im Spital. Als sie nun am Sterben war, fragte man sie, ob ihre einzige Tochter benachrichtigt werden solle? Darauf hätte sie geantwortet: «Nein, meine Tochter wollte nie etwas von mir wissen, nun will ich auch nichts mehr von ihr. Auch will ich nicht, dass sie an meine Beerdigung kommt.»

Ich fing an zu heulen und brach beinahe zusammen. Meine Grossmutter starb erst, als ich 13 Jahre alt war. Ich hätte sie im Spital besuchen können. Ich hätte mit dem Fahrrad oder mit der Bahn hinfahren können. Ich hatte mich immer so sehr nach einer Grossmutter gesehnt. Mutti hatte es unterbunden. Dies zu wissen tat so weh, dass mir die ganze Zeit die Tränen runterrollten. Aber ich musste noch Tag und Nacht diese Wohnung von Mutti räumen, wozu mir die Kraft fehlte. Aber ich riss mich sehr zusammen und machte weiter. Es war der Tag meiner Abreise, und es gab immer noch so viel zu tun. In aller Eile arbeitete ich bis zur letzten Sekunde, als ich davonspringen musste und verpasste deswegen beinahe meinen Flug.

Tanz-Club starten

An einem Kursabend kam meine Assistent-Schülerin Gisela und erzählte, in der Diskothek beginne um zehn Uhr eine Tanzkonkurrenz. Das fand ich gut, und so gingen wir zwei nach dem Unterricht dorthin. Gerade als wir eintraten, hörten wir die Musik von Glenn Miller «In the mood». Schnell nahm ich Gisela an der Hand und sagte: «Diese Gelegenheit müssen wir packen und tanzen, denn solche Rhythmen hört man höchst selten hier in Teneriffa.»

Wir waren die einzigen auf der Tanzfläche. In der Ecke sass eine Gruppe, aber keiner von denen tanzte. Dann kam eine andere Gruppe mit dem Flamenco-Tanzlehrer Elias, der bei mir das Parketttanzen lernte.

Nun wurde ausgerufen für die Tanzkonkurrenz. Keiner getraute sich, nachdem sie gesehen hatten, wie Gisela und ich Jive tanzten.

Nun kam Elias, der Flamenco-Tanzlehrer zu mir und fragte, ob er mit mir tanzen dürfe. Er wollte seinen Schülern zeigen, was er im Tangotanzen gelernt hatte. Auch habe er das Orchester um einen Tango gebeten.

Giselas Mann wartete auf sie und so verabschiedeten wir uns. Nun tanzte ich mit Elias, aber obwohl immer wieder für die Konkurrenz aufgerufen wurde, tanzte niemand ausser uns zwei. Von Elias vernahm ich, die Gruppe in der Ecke hätte gedacht, sie wären die besten Tänzer. Sie waren diejenigen, die diese Konkurrenz organisierten, und zudem würde es im Fernsehen übertragen.

Das Orchester bestand aus circa zehn Mann, alle in weisse Anzüge gekleidet. Alles Drum und Dran war wie beim wirklichen Glenn Miller Orchester. Das Fernseh-Team war wirklich da und machte Aufnahmen. Wieder spielte das Orchester «In the mood». Diesmal konnte ich als Dame mit Elias tanzen. Das Ganze fand ich so fantastisch, obwohl kein einziges Konkurrenzpaar antrat. Immer wieder schaute ich zum Orchester hinauf. Aber plötzlich sah ich, wie die Männer ihre Instrumente einpackten, obwohl die Musik unverändert weiter erklang. Ich glaubte zu träumen, das kann doch wirklich nicht wahr sein. Doch es war wirklich nur fingiert. Unglaublich, was man sich hier mit solchem Hohn leistet!

Danach wurde Diskomusik aufgelegt, was Elias und ich ohne weiteres auch tanzen konnten. Nun füllte sich endlich die Tanzfläche. Schliesslich setzten wir uns an meinen Tisch. Ein Mann kam, drückte jedem einen Pokal in die Hände, für die gewonnene Konkurrenz. Verrückt! Über diese gewonnene Konkurrenz, die nicht stattfand, musste ich dermassen lachen. «Das kommt mir spanisch vor!»

Später sah ich im Fernsehen eine Filmmontage. Elias und ich tanzten inmitten vieler Konkurrenzpärchen und im Hintergrund spielte das fantastische Orchester.

Auf zum Tanz-Club

Nach dieser Erfahrung wusste ich, dass der Tanz-Club Erfolg haben würde. Also musste ich zusammen mit meinem Assistentenpärchen einen Saal suchen. Wir bekamen gratis die Aula in der Berufsschule, wo Gisela Lehrerin war. Gleich machte ich mich an die Arbeit für Reklame. Mein Cliché stellte ich als Logo für den Tanz-Club zur Verfügung, damit es mein Club werde. Nun planten wir für Reklame. Dann bestellte ich bei der Druckerei Plakate und 10'000 Flyer, die wir an alle Autoscheibenwischer klemmen konnten. Mit meinem Spanisch probierte ich einen Artikel für die Zeitung zu schreiben und für den Tanz-Club ein entsprechendes Inserat zu gestalten.

Mit dem Assistentenpaar und zwei Freundinnen bildeten wir den Vorstand. Miguel als Präsident, Gisela Vizepräsidentin, ihre Freundin Sekretärin, eine begeisterte Schülerin Kassiererin und ich die Instruktorin.

Zusammen mit einem Anwalt mussten wir die Statuten aufsetzen. Das dauerte, und ich musste zwischendurch wieder verreisen. Am Ende erlaubte sich Gisela, die Statuten einfach auch für mich mit meinem Namen zu signieren. Aber wir hatten unseren Club.

Bei Tante Leni

In der Schweiz konnte ich diesen Winter bei Tante Leni wohnen und meine Koffer für die RAIDAG umpacken. Leider wurde im kommenden Frühjahr der Estrich ausgebaut, so dass ich schon wieder einen anderen Platz für meine Wintersachen suchen musste.

In Winterthur hatte ich Gelegenheit, meine alten Freunde und Schulkollegen zu besuchen. Emmas Mutter wohnte in der Nähe von Tante Leni, auch sie besuchte ich. Ihr erzählte ich vom ewigen Umzug. Darauf antwortete sie: «Eigentlich kannst du bei mir wohnen, weil mein Mann gestorben ist und die Kinder ihre Familien haben.» Das war natürlich ein Glück für mich.

Weiter erzählte ich ihr von meiner Grossmutter, und dass sie auch im Dezember auf die Welt kam. Sicher habe ich viel Gemeinsames mit meiner Grossmutter, die ich gerne besucht hätte, und vermutlich wäre sie eine Hilfe für mich gewesen. Darauf erwiderte Emmas Mutter: «Ja, und sie war ja eine

Tänzerin.» Dann merkte sie, dass ihr etwas herausgerutscht war, und sagte sofort: «Ja, wir wussten es, aber wir durften dir nichts sagen.» Dies enttäuschte mich nochmals sehr, umso mehr vermisste ich meine Grossmutter, die ich nie sehen durfte, obwohl ich ihre Gene geerbt habe.

Ich packte meine Koffer für die RAIDAG. Gleichzeitig machte ich die anderen Sachen bereit für den Umzug.

Dieses Jahr nahm ich meine Filmkamera und ein Stativ mit. Meistens scheint die Sonne im Engadin, aber oft weht auch ein starker Wind. Währendem ich filmte, kam ein starker Windstoss von hinten, der mich mit meinen Schlittschuhen auf dem Eis samt Stativ fortstiess. Unglücklich landete ich auf meinem Gesäss. Einen Moment war ich bewusstlos, dann erinnerte ich mich an den Arzt, der mich gewarnt hatte, im Falle müsste ich einen Rollstuhl haben. Ich hatte Mühe zum Aufstehen, aber «Gott sei Dank», es ging. Nur konnte ich kaum noch gehen. Zwei Tage lang musste ich das Bett hüten.

Gili tat mir leid; denn dieses Jahr war er ganz alleine, weil er seine Lebenspartnerin aus gesundheitlichen Gründen zuhause lassen musste.

Tanz-Club Teneriffa

Wieder in Teneriffa, konnte es endlich losgehen mit dem Tanz-Club. Nun startete ich mit einer Gruppe von 30 Personen. Damit sich die Leute eine Vorstellung vom internationalen Parketttanzen machen konnten, riet ich, sich für einen Test vorzubereiten, um je nach Testergebnis in eine höhere Gruppe zu gelangen. Alle wollten in die höhere

Gruppe, aber keiner wollte einen Test machen. Von Gisela und Miguel verlangte ich einen höheren Test, weil sie beide während meiner Abwesenheit zusammen mit den Mitgliedern üben und ihnen bei Schwierigkeiten behilflich sein mussten.

Als ich von meiner Reise zurückkam, musste ich leider feststellen, dass während meiner Abwesenheit das Pärchen miteinander stritt, weil von den beiden jeder den Tanzlehrer spielen wollte, und dies vor der ganzen Klasse, anstatt zusammen mit den Schülern zu tanzen.

Meine Tanzlehrerin Pat kam wieder zusammen mit ihrem Mann Michael aus England auf Besuch. Gleichzeitig auch, um einige Tanz-Tests abzunehmen. Gisela und Miguel mussten den Bronze-Test machen, die übrigen durften den Social-Test tanzen.

Die Berufsschule wollte, dass ich für wenig Geld den Berufsschülern Unterricht gäbe. Ich akzeptierte es als Reklame. Damit ich die Schüler begeistern konnte, gab ich eine Einführungslektion, wobei ich jeden Tanz vorführte. Danach bat ich die Schüler aufzustehen und mitzumachen. Doch alle hatten Hemmungen oder waren zu faul. Schnell reagierte ich, nahm einen 1000-Pesetas-Schein hervor und fragte: «Wer möchte diesen Schein?»

Alle standen schnell auf und kamen nach vorne. Aber dann erklärte ich: «Ihr seht wie schnell Ihr diesen Schein holen wollt, doch dafür muss man arbeiten und nun probieren wir, einige Tanzschritte zu machen.»

Natürlich waren die meisten enttäuscht, doch ich konnte endlich die Schüler bewegen.

Leider sind ständig Schulferien, so dass wir ein anderes Lokal suchen mussten. Eine Schülerin kam zu mir und sagte: «Ich bin Mitglied von der Casa Venezuela. Ich habe die Erlaubnis bekommen, dass der Tanz-Club Montag-, Mittwoch- und Freitagabend den sehr grossen Theatersaal für 3000 Pesetas (ca. 50 €) pro Abend bekommen kann.» Das war mehr als erwartet. So konnte ich im Oktober 1995 mit dem Tanz-Club richtig starten.

Reise in die Schweiz

Zu jener Zeit bezahlte ich viel weniger von Teneriffa aus nach England zu fliegen und von dort aus in die Schweiz. Für mich war es gleichzeitig eine Gelegenheit, in London einen Halt für Tanzlektionen einzuschalten und danach weiterzufliegen. Also buchte ich wieder die kleine Wohnung. Leider war es zum letzten Mal, weil das Ehepaar aus gesundheitlichen Gründen das Haus verkauften musste. Im Studio fragte ich, ob jemand für mich einen Platz wüsste. Pat, die mich nun schon so viele Jahre kannte, erzählte: «Es gibt noch mehr Veränderungen nächstes Jahr im Studio. Wenn du willst, kannst du bei uns wohnen.»

Das war natürlich ganz toll, gleich wieder einen guten Platz gefunden zu haben.

Der Kongress dauert immer vier Tage. Pat und Michael offerierten mir, mich per Auto mitzunehmen, da wir im selben Hotel wohnten.

Am Samstagabend findet immer ein Dinner-Dance statt. Cris, den ich in der kleinen Wohnung getroffen hatte, war auch am Kongress und holte mich für einen Tanz. Er schwebte richtig mit mir übers Parkett. Ich genoss es in vollen Zügen. Er aber auch, denn von diesem Moment an tanzte er nur noch mit mir.

Weiter in die Schweiz

Nach dem Kongress reiste ich weiter in die Schweiz. Diesmal wohnte ich bei Emmas Mutter. Sie musste an zwei Stöcken gehen, darum ging ich mit ihr zum Einkaufen und half ihr wo ich konnte. Nun war ich überrascht, denn sie sagte: «Nie hätte ich gedacht, dass ich so froh bin, dass du bei mir wohnst. Ich finde es schön, denn als du klein warst, hatte ich immer auf dich aufgepasst. Jetzt möchte ich, dass du mir auch Du sagst und mich Mama nennst.»

Ich umarmte sie herzlich und sagte: «Danke Mama! Ja, du bist wie eine Mutter, besonders jetzt, wo mir bewusst geworden ist, dass ich Mutti immer nur im Weg stand.»

Aber Mutti besuchte ich trotzdem ein paar Mal im Altersheim. Sie tat mir leid, so an den Strässle zu glauben und meine Hilfe zu verwehren. Auf der anderen Seite litt ich weniger aus diesem Grund.

Mutti stellte mir eine Heim-Schwester vor, Frau Kokkinis. Sie sagte, der Name sei griechisch, und sie sei mit einem Griechen verheiratet. Sofort sagte ich, dass ich einmal verliebt war in einen Griechen, der sich wegen seinem Namen Papapokovis einfach Papa nannte. Zu meinem Erstaunen sagte sie: «Doktor Papa ist der beste Freund von meinem Mann. Wir werden ihn diesen Herbst besuchen. Kommen Sie doch einfach mit.»

Weil ich sowieso Spanien immer wieder verlassen musste, war ich sofort dabei, gemeinsam in Zypern Ferien zu machen.

Bald reiste ich wieder nach meinem Zuhause in Teneriffa und war auch ganz glücklich, nun ein zweites Heim bei Mama in Winterthur gefunden zu haben.

Ferien in Zypern

Ich war begeistert von der Idee, Zypern kennen zu lernen. Wir vereinbarten, ein Auto zu mieten. Weder Frau noch Herr Kokkinis konnte Auto fahren, darum offerierte ich mich als Chauffeuse. Selbstverständlich organisierte Frau Kokkinis die Ferien für uns drei. So flogen wir zusammen von Zürich aus nach Zypern, wo wir 14 Tage in Protaras, nahe am Meer, im Hotel wohnten. Beim ersten Nachtessen bot das Ehepaar mir das Du an, Irma und Nikolas. Zwei Tage später miete-

ten wir ein Auto, um verschiedene Ausflüge zu machen. Zypern ist das Land der Aphrodite, der Liebesgöttin. Deren Spuren wollten wir für mehrere Tage nachgehen. Wir besuchten alle historischen Stätten der Mythologie und konnten es kaum fassen, was heute noch an Wahrheit geblieben ist.

Nikolas verabredete sich mit Doktor Papa, um uns in Nikosia zu treffen. Konstantin freute sich riesig, uns endlich in Zypern zu sehen und uns seine eigene Klinik zu zeigen. Nikolas sagte nichts von meiner Anwesenheit. Das fand ich sehr gut, damit die Überraschung noch grösser wurde.

Als wir nun in Nikosia ankamen sagte ich: «Nikolas, du musst bei der Begrüssung deine Frau und anschliessend mich, als deine Freundin vorstellen.»

Er erschrak und meinte: «Ich bin doch nicht verrückt und nehme meine Frau und Freundin mit. Was würde da Konstantin denken?»

Doch Irma und ich fanden es phänomenal für eine saftige Überraschung.

Als sich die beiden Männer sahen, umarmten sie sich und waren überglücklich, sich auf griechischem Boden zu treffen. Endlich stellte Nikolas uns beide wie verabredet vor. Aber Konstantin begrüsste uns nur so nebenbei, ohne uns richtig anzusehen und zu realisieren. Er war mehr beschäftigt, das Neuste von Nikolas zu erfahren. Er zeigte uns seine Klinik. Danach führte er uns in ein schönes Restaurant zum Mittagessen. Dort wartete seine Frau auf uns. Ich fand sie sehr nett, sie war sehr besorgt um gute Bedienung, und dass wir alles bekamen, was wir mochten.

Gerade als Konstantins Frau am Salat-Buffet war, fragte Irma: «Doktor Papa, rauchen Sie auch?»

Worauf er mit Nein antwortete. Nun machte ich mich bemerkbar und sagte: «Aber du hast doch früher ziemlich stark geraucht.»

Verblüfft schaute Konstantin mich endlich an und fragte: «Kennen Sie mich, wer sind Sie?»

Leider konnte er sich im Moment nicht mehr an mich erinnern, bis ich ihm sagte, wo ich in Goldach gewohnt hatte. Erst dann tagte es bei ihm. Unterdessen setzte sich seine Frau wieder an den Tisch. Ich sass zufällig neben Konstantin und musste heimlich zu ihm hinüberschielen. Irgendwie, ohne dass ich es wollte, knisterte es bei mir wieder. Nach dem Essen verabschiedeten wir uns, da Konstantin zurück in die Klinik musste. Hingegen wollten sie uns am Wochenende besuchen, weil sie am Meer und nahe bei unserem Hotel ein Ferienhaus besassen.

Auf dem Heimweg äusserte ich mich wegen Konstantins Frau, die ich gar nicht eingebildet und eigentlich ganz nett fand. Darauf antwortete Nikolas: «Ja heute hat sie mir auch viel besser gefallen. Vorher in der Schweiz, als sie noch verlobt war, war sie eine eingebildete, dumme Gans. Sie war einzig und allein nur eine schöne Frau.»

Ferien am Meer

Am Samstagabend kam Konstantin zum Hotel, um uns abzuholen und uns sein Ferienhaus zu zeigen. Wir konnten sogar zu Fuss hingehen. Nach der Hausbesichtigung setzten wir uns an den Tisch, auf welchem Konstantin und seine Frau lauter kleine griechische Spezialitäten aufgetischt hatten.

Beim Verabschieden vereinbarten die Männer, uns am andern Morgen wieder zu treffen, um zusammen den Tag am Strand zu verbringen. Nun bot sich Gelegenheit, mit Konstantin zu plaudern. Gegenseitig erzählten wir, was wir in den vielen

Jahren erlebt hatten. Konstantin hatte eine einzige Tochter, die bereits eine gute, verantwortungsvolle Stelle in der Schweiz hatte. Leider interessierte sie sich nicht fürs Medizinische. Nachdem ich erzählte, wie es mir ergangen war, und dass ich nun glücklich in Teneriffa lebte, sagte er, als niemand zuhören konnte: «Ja, wenn man jung ist, macht man Fehler. Ich habe erst später gemerkt, dass ich die Falsche geheiratet habe.»

Bevor wir uns am Abend verabschiedeten, besprachen die beiden Herren, sie würden die nächsten Ferien in Teneriffa verbringen. Das würde mich überaus freuen, sagte ich und war selig dabei.

Als ich in Teneriffa die Fotos anschaute, musste ich immer wieder an Konstantin denken und was er mir zugeflüstert hatte. Aber das ist Schicksal, und wer weiss, ob es mit uns beiden gut herausgekommen wäre. Auf jeden Fall glaube ich, die spanische Sprache liegt mir besser und auch das Essen. Währendem ich überlegte, wurde mir bewusst, dass es vernünftiger wäre, wenn ich Konstantin nicht mehr treffen würde. Wir könnten vielleicht eine Dummheit machen, weil es auf beiden Seiten knisterte, und das wäre gefährlich. Zudem mochte ich auf keinen Fall seine Ehe kaputt machen, besonders da sich seine Frau so positiv entwickelt hatte. In Teneriffa fühle ich mich nun so richtig zuhause und obendrein zu alt, um eventuell nochmals im Spital zu arbeiten.

RAIDAG 1995

Wie immer im Januar, verliess ich Teneriffa, um meinem Lieblingssport, dem Eistanzen, nachzugehen. Walter kam jeweils am Sonntag und ich holte ihn am Bahnhof ab. Aber da Edda und Walter sich vorheriges Jahr so verliebt hatten, wollte nun Edda ihn am Bahnhof alleine begrüssen. Mir war es recht und es freute mich für die beiden. Am Abend bei der RAIDAG-Begrüssung wurde Edda aufgerufen, aber niemand stand auf.

Auch bei Walter meldete sich niemand. Viel zu spät erschienen die beiden, und zusammen. Sie hatten sich verschlafen.

Dummerweise war eine Deutsche anwesend, die später zu Hause Eddas viel älterem und schon lange kranken Mann dies erzählte. Leider durfte danach Edda nie mehr zur RAIDAG kommen. Umso intensiver wurde die Liebe, so dass die beiden sich monatlich einen Anruf leisteten. Fast wie im Märchen.

Meinerseits fiel ich auf dem Eis um. Da ich auf keinen Fall mehr auf mein Hinterteil fallen durfte, stützte ich mich so blöd mit meinem Arm ab, dass ein komplizierter Armbruch entstand und ich drei Tage im Spital bleiben musste. Nun war es besser abzureisen. Walter und Edda blieben nur eine Woche, somit hatte ich Gelegenheit, zusammen mit den beiden die Rückreise anzutreten, und Walter, der in Winterthur wohnte, war mir vor allem behilflich.

Ich wohnte ja in Winterthur bei Mama, die an zwei Stöcken gehen musste. Nun war auch ich behindert, aber wir konnten uns gegenseitig helfen und waren glücklich dabei.

Bei Pat

Dieses Jahr konnte ich in England bei Pat und Michael wohnen. Klar bekam ich keine eigene Wohnung, aber dafür Vollpension und Familienanschluss. Im Garten konnte ich studieren und üben. Privatlektionen erteilte mir Pat in ihrem kleinen Studio neben dem Haus. Für mich war dies optimal.

Michael konnte nie lange schlafen. Er stand morgens früh auf und ging einkaufen. Dann erledigte er die Büroarbeiten für Pat. Zwischendurch brachte er für Pat und mich eine Tasse Tee und bereitete das Mittagessen für uns. Pat konnte sich somit total ihren Schülern widmen und auch mir.

Pat gab sogar Unterricht im Starlight Studio in Streatham, welches im Besitz von Bill Irwin und anderen bekannten Weltmeistern war, und ich durfte mit. Michael chauffierte uns jeweils durch den Richmond-Park und Wimbledon dorthin. Im grossen Saal waren verschiedene Toptanzlehrer mit ihren Turnierpärchen am Unterrichten. Hatte es genügend Platz, so konnte ich die Tänze für meine Examen üben. Oder ich ging in die Bar und kochte Tee und Kaffee für die Anwesenden. Dabei konnte ich verstohlen zuschauen und etwas Neues erhaschen.

Am Abend begannen die Tanzkurse, welche Pat organisierte. Abwechslungsweise machte ich mit als Schülerin oder Tanzlehrerin. Für mich war es so fantastisch auf diesem Niveau mitzumachen.

Alle diese Gelegenheiten halfen mir für meinen höheren Titel. Aber täglich arbeitete ich hart, bis spät abends, auch am Sonntag.

Oft musste Pat am Wochenende Examen abnehmen. Michael chauffierte, und ich durfte mitfahren. So konnte ich England besser kennen lernen. Manchmal war es weit entfernt, wie nach Swansea in Wales, Isle of Wight, oder weit in den Norden hinauf, wo wir in einem Hotel übernachteten.

Zu den jährlichen Kongressen durfte ich natürlich auch immer mitfahren, wo wir zusammen vier Tage verbrachten.

Bevor ich wieder nach Teneriffa reiste, legte ich immer irgendein Diplom oder Examen ab, das ich dank meiner Freundin, der technischen Top-Tanzlehrerin Pat, immer sehr gut bestand.

Casa Venezuela

Wieder zuhause in Teneriffa, wollte Miguel mir zeigen, dass er nun der Präsident war, der mir etwas zu sagen hatte. Wie ein Kleinkind sagte er zu allen meinen Vorschlägen Nein. Mehr konnte er wirklich nicht. Dafür arbeitete ich fast Tag und Nacht, um den Einheimischen gerecht zu werden. Ich probierte die Preise auf einen Tiefstand zu bringen. Für das monatliche Club-Geld von 3'000 Pesetas rechnete ich mit mindestens 50 Personen, damit ich den Saal, Musik etc. und Reklame bezahlen konnte. Natürlich hoffte ich auch für mich auf ein Minimalhonorar. Für die Clubmitglieder käme ein Jahresbeitrag günstiger mit 30'000 Pesetas (180 €) statt 36'000 Pesetas, bei monatlicher Zahlung, und damit die Schüler das ganze Jahr durch alle drei Kursabende pro Woche besuchen konnten. Bei einem Ausfall wegen Ferien, Festtagen oder Krankheit, hätten wir beim Jahresbeitrag die Sicherheit, dass die Schüler möglichst bald wieder zurückkommen würden.

Nun ging Miguel hin und erzählte allen Schülern, mit einem Jahresbeitrag wolle ich sie hintergehen, um möglichst viel zu verdienen. Viel billiger für sie käme es, die einzelnen Monate zu bezahlen. Als ich dies vernahm, standen mir die Haare zu Berge, und ich fragte mich, wie soll ich mit diesem Idioten zurechtkommen. Mit solcher Intelligenz musste ich nun arbeiten und hatte keine andere Möglichkeit.

Auch hatte ich Visitenkärtchen entworfen und bereits 15 verschiedene Sujets präsentiert. Jedes Mal wollte Miguel etwas anderes. Es sollte grösser oder kleiner sein, anders platziert oder weggelassen, nur wie es aussehen sollte, hatte er keine Ahnung. Nun kopierte ich die 15 Entwürfe auf ein A4-Blatt und nummerierte diese. Dann verlangte ich von den Vorstandsmitgliedern eine Bewertung, wobei sie drei Visitenkärtchen auslesen sollten und diese nach erster, zweiter und dritter Stelle bewerten. Eindeutig wählten sie meine beste Idee. Auch die andern von Rang zwei und drei stimmten fast überein. Getrost konnte ich nun, gegen den Willen von Miguel, bestellen. Dann verliess ich das Land, um nach meiner Rückkehr den Tanz-Club im Theatersaal der Casa Venezuela zu starten.

Aber zum Höhepunkt, kurz bevor wir in der Casa Venezuela starteten, verreiste Miguel mit Freundin in die Ferien. Also konnte sie beide keine Reklame verteilen, dazu wollte er mich noch aufklären und sagte: «So, wie du dir vorstellst, mit 50

Personen zu starten, ist total übertrieben. Mehr als 14 Personen werden nicht erscheinen.»

Seine Freundin war zum Glück anderer Meinung. Sie half mir, wo sie nur konnte, natürlich nur, bis sie mit Miguel verreiste.

Tanz-Club in der Casa Venezuela

Nach der Rückkehr von meiner Reise holte ich die Kärtchen bei der Druckerei. Mit Schreck musste ich feststellen, dass Miguel in der Druckerei war. Der Chef klagte mir, dass Miguel dreimal seine Idee gewechselt hätte und nun eine andere Visitenkarte bestellt hatte, aber nicht nur 500, sondern 10'000. Ich war dermassen empört, dazu musste ich den Tanz-Club ohne Hilfe von ihm und seiner Freundin starten.

Am ersten Club-Abend war ich ausser ein paar Schülern, die mir behilflich waren, fast alleine. 70 Personen meldeten sich an. Gott sei Dank! Meine harte Arbeit hatte sich gelohnt. Doch als unser Präsident zurückkam, reklamierte er: «Das geht doch nicht, das sind zu viele Leute zum Unterrichten.»

Mir standen die Haare zu Berge. Ich hatte ja eine gute Ausbildung und überhaupt kein Problem, alle Leute in Bann zu halten. Sogar diese Südländer konnte ich ohne Mikrofon unterrichten.

Jeden Kursabend kamen neue Schüler dazu. Bis Weihnachten vergrösserte sich der Tanz-Club auf 140 Mitglieder. Dank dem Test gab es drei verschiedene Fähigkeitsgrade. So konnte ich mit den Besten sehr früh anfangen, die mir aber bei den unteren Klassen helfen mussten. Dafür konnten sie gratis mitmachen. In der untersten Klasse hatte ich für eine Stunde alle zusammen, und anschliessend war eine zusätzliche Stunde für freies Tanzen und zum Üben, wobei man mich fragen durfte. Alles meisterte ich, und die Leute waren sehr angetan.

Nach Weihnachten fing Gisela wieder an. Sie war nun von ihrem Mann getrennt und hatte mehr Zeit. Deswegen kam sie und sagte: «Lea, du kannst nicht so viele Leute in derselben Klasse unterrichten. Ich muss die Anfänger übernehmen.»

«Aber gerade der Anfänger ist auf einen gut ausgebildeten Tanzlehrer angewiesen. Der erste Schritt ist der wichtigste und geht wie ein Faden durch bis zum Weltmeister.»

Leider waren Gisela und Miguel sich einig und organisierten eigenmächtig geteilte Klassen. Und leider war ich nur eine ausländische Tanzlehrerin, die anscheinend nichts zu sagen hatte. Somit verlor ich auf Anhieb 40 Personen, und peu-à-peu verliessen die Leute den Tanz-Club. Auch kamen Leute zu mir, denen die Arroganz von Gisela und Miguel nicht gefiel und die sich von mir traurig verabschiedeten.

Jeden Monat verloren wir Mitglieder. Da kam die freche Gisela und sagte: «Lea, immer willst du etwas anderes. Wegen dir laufen alle Leute davon.»

Gisela rief einen Vorstand von zehn Leuten zusammen und wollte mit ihnen ein feudales Nachtessen veranstalten, weil auf dem Club-Konto über eine Million Pesetas angelegt waren. Als ich dies vernahm, befahl ich: «Bevor man sich mit dem Club-Geld ein luxuriöses Essen leistet, werden zuerst alle Rechnungen bezahlt. Um den Club aufzubauen, kam ich für alles Finanzielle auf, bis das Konto mehr als eine Million Pesetas aufwies, um unverhoffte Sachen zu bezahlen. Erst dann wollte ich die Rechnungen peu-à-peu zurückverlangen.

Gisela erklärte: «Ein Tanz-Club darf nicht viel Geld auf einem Konto haben.»

«Also, falls es die Wahrheit ist, dass der Tanz-Club nur wenig Geld auf dem Konto haben darf, komme ich mit allen Rechnungen vorbei, die jetzt bezahlt werden müssen. Eine starke Musikanlage, viele CDs und Musikkassetten, und alle bisherige Reklame, Plakate, Flyer, Zeitungsinserate, Reklame-Briefe, etc.»

Danach war nicht mehr viel Geld übrig, und das Nachtessen konnte nicht stattfinden. Das war ein Grund, um die Leute gegen mich aufzuhetzen …

Tanz-Club Barcelona

Barcelona gründete im gleichen Monat wie ich einen Tanz-Club. Nun kam der Präsident und wiegelte meine Schüler gegen mich auf. Sogar kam eines Abends unangemeldet eine Fernsehequipe vorbei. Gleich bemerkte ich, dass sie mich blossstellen wollten, weil sie mich aufforderten, ausser Programm die ganze Gesellschaft zu unterrichten. Mir machte es keine Mühe. Sofort hatte ich eine Idee und unterrichtete etwas, das für alle Schüler neu war, den Twist. Alles klappte wunderbar, aber die Herren nahmen mich beiseite, blendeten mir ins Gesicht, machten Nahaufnahmen und fragten: «Sie sind Ausländerin. Von woher kommen Sie?»

Mir wurde klar, dass sie nicht wegen dem Tanzen gekommen waren, sondern um mich in der Öffentlichkeit niederzumachen, weil ich als Schweizerin nichts zu suchen hatte in der spanischen EU.

Damals wurde fälschlicherweise verbreitet, dass die reichen Schweizer nicht in die EU eintraten, weil sie nicht bezahlen wollten. Dabei hatte die Schweiz, ohne beizutreten und als kleines Land, trotzdem einen sehr grossen Beitrag geleistet. Die Spanier profitierten, sie bekamen ja eine enorme Summe. Für mich aber war es dermassen schlimm, dass ich mich nicht mehr getraute, mich Schweizerin zu nennen. Auf die Fragen der Fernsehleute, antwortete ich darum immer ausweichend, indem ich nur vom Tanzen antwortete: «Ich komme von Imperial London, zum Unterrichten. Auch studierte ich in Amerika, im Fred Astaire Studio, etc.»

In der Fernsehsendung klagten sie dann, dass ich nicht Spanisch verstünde und immer etwas anderes antwortete. Darüber freute ich mich sehr.

Lea 1 Meine Kinderjahre

ISBN: 978-3-9523931-0-9

Die Autorin erzählt von vielen verschiedenen und unterhaltsamen Erlebnissen in der Zeit von 1936 bis 1951.
Als Kleinkind war sie häufig mit ihrer Mutter in den Ferien in Fürigen. Das Hotel, mit grossem Gelände, bot viele Gelegenheiten für spannende Abenteuer. Zuhause waren die Männer während des 2. Weltkrieges im Militär und ihre Mutter musste das Geschäft führen. So blieb Lea oft auf sich alleine gestellt und entdeckte die Welt auf eigene Faust. Ein ehrliches, unterhaltsames Buch, das an fröhliche und amüsante Ereignisse erinnert und Einblicke in vergangene Zeiten vermittelt.

Lea 2 Meine Jugend

ISBN: 978-3-9523931-2-3

Die Autorin erzählt von den Fünfzigerjahren bis zur ihrer Hochzeit 1967.

In diesem zweiten Buch schildert sie ihre Jugend in der Zeit vor der Pille. Lea wollte eine gute Hausfrau werden, in Lausanne besser Französisch und in England gut Englisch lernen. Immer wieder erlebte sie Aussergewöhnliches. Beim legendären Eissporttrainer Jack Gerschwiler lernte sie das Eistanzen. In ihrem Leben spielte der Tiefseetaucher Hannes Keller eine grosse Rolle. Ihre sieben Jahre dauernde Ferienbekanntschaft fand ein tragisches Ende. Wegen der Erwartungen ihrer Eltern heiratete sie schliesslich.

Lea 3 Meine Ehejahre

ISBN: 978-3-9523931-5-4

Die Autorin erzählt von ihrem Eheleben ab der Hochzeit 1967 bis zur Scheidung 1977.

In diesem dritten Buch schildert sie was passieren kann, wenn man schön brav den Glaubens-Predigern gehorcht. Lea versuchte eine gute Hausfrau und Mutter zu sein und tat alles für ihre Kinder. Schlussendlich wurde ihr bewusst, dass sie es nicht mehr ertragen konnte, noch länger Amboss zu sein, darum liess sie sich scheiden. Zum Wohl ihrer drei Kinder verzichtete sie schliesslich auf alles.

Lea 4 Mein Neuanfang

ISBN: 978-3-9523931-6-1

Die Autorin erzählt von 1977 bis 1986, wie sie im Alter von 40 Jahren neu anfangen musste.

Nachdem sie wieder alleine war, musste sie nochmals einen neuen Beruf lernen und sich zwingen, nur noch an ihre Arbeit denken, um weiter zu leben. Auf das grosse Leid der Trennung von ihren Kindern folgten körperliche Beschwerden, aber sie meisterte alles durch ihren starken Willen.

In England studierte sie Tanzen und erlangte den weltweit anerkannten Titel als Tanzlehrerin. Mit ihrer Tanzschule erntete sie überall grosse Anerkennung, leider aber auch viel Neid.